Las aventuras de Luzi Cane
El Alma del Dragón Blanco

Comentarios

Me gustó tanto el libro del Dragón Blanco que acabo de pedir también el Dragón Carmesí; ¡porque la habilidad para escribir del autor es tan especial!

- Cora Schwindt

¡Me encantó este libro! Me abrió a explorar más allá de esta realidad tridimensional. Desde que lo leí he tenido tantas aventuras personales. ¡Incluso conocí a Quan Yin! ¡Absolutamente mágico, encantador e inspirador! ¡Gracias Eriqa Queen!

- Sheri Reece

El Alma del Dragón Blanco es una novela escrita de forma muy vívida donde las dimensiones física y no física fluyen la una dentro de la otra a medida que la protagonista explora nuevos terrenos en su vida y también los límites de su consciencia. A través de Luzi, podemos experimentar como es la vida en el medio del despertar espiritual. A medida que Luzi se vuelve familiar con su sabiduría interior - con frecuencia guiada por el dragón blanco y otros seres etéreos - su vida se transforma reflejando su interior. Vemos la alegría que existe más allá de un mundo mental: un mundo donde la imaginación, la magia, la sensualidad y los milagros son tan normales como la naturaleza en sí misma. Un bello cuento de dragones, elfos y humanos curiosos, especialmente recomendado para cualquier persona experimentando su despertar espiritual.

- Kim Seppälä, escritora y exploradora de consciencia

Las aventuras de Luzi Cane
El Alma del Dragón Blanco

por Eriqa Queen

Título de la serie: Las Aventuras de Luzi Cane
Título: El Alma del Dragón Blanco
Copyright © Eriqa Queen 2017
Copyright © Erik Istrup Publishing 2019
Arte de la cubierta: Ricardo Robles Copyright © 2017
Traducido por Begoña Landi Pienaar Copyright © 2019
Publicado a través de Ingram Spark
Fuentes: Palatino y Adobe Fangsong
ISBN: 978-87-92980-80-9

Género: Fantasía

Erik Istrup Publishing
Jyllandsgade 16 st. th., 9610 Nørager, Danmark
www.erikistrup.dk/publishing/
eip@erikistrup.dk

Contenido

Elvendale

Debo haberme adormecido. Me despierto con el sonido de la música más hermosa que jamás había oído. Intento distinguir los instrumentos, hasta que me doy cuenta de que son voces; voces que suenan como instrumentos en vez de como un canto. Tumbada de espaldas con los ojos cerrados, me permito disfrutar del momento, sintiéndome en paz.

Me viene un olor. No es un perfume común, no huele a flores ni a frutos, ni tampoco a hierbas. Su expresión no es femenina ni masculina. ¡Qué extraño! Es como si formara parte de la música. ¿Será que un olor puede formar parte de una música? En cualquier caso, de alguna forma este olor se mezcla con la música, como un instrumento más. Me parece una música increíble, y me hace sentir profundamente relajada.

Tengo los brazos extendidos a ambos lados de mi cuerpo con las palmas sobre las sábanas. De repente siento algo inusual, como si hubiera comenzado a crecer hierba de la sábana y estuviera rozando contra mis palmas, haciéndome cosquillas de forma delicada y placentera. No quiero abrir los ojos, porque tengo miedo de que sea un sueño, y de que acabe si miro a mi alrededor. En vez de ello cierro mis manos lentamente, y tengo la sensación de estar agarrando la hierba como si estuviera tumbada en un césped. Me concentro otra vez en el olor de la hierba. Quizá sea capaz de percibir el olor de la tierra además de el de la hierba; ¡pues sí, también consigo olerlo! No comprendo donde estoy, y no me acuerdo de haberme tumbado en un lugar con césped.

Ahora un olor interrumpe mis pensamientos, e incluso un sabor a canela. Tengo que abrir los ojos para cerciorarme de que no es un sueño. Al abrir lentamente los ojos, me doy cuenta de que por entre las hojas puedo ver el cielo azul. El sol brilla por entre las hojas iluminándolas, y sus rayos de luz descienden sobre mí. Estoy tumbada en un montículo cubierto de hierba y rodeada de árboles altos, y a mi derecha, a cierta distancia, hay un coro tocando música. Ahora siento una presencia a mi izquierda y giro mi cabeza. Veo una hermosa mujer sin edad sonriendo de pie junto a mí. Se acerca y se arrodilla a mi lado. Ha traído los olores; canela, cedro, y uno que no reconozco.

"Café." Siento más que oigo. Es como si estuviera hablando dentro mi cabeza.

"Son granos de café que han sido secados, pero no han sido tostados, y después han sido molidos."

"Oh, es un sueño," digo, "¡Pero es tan real!"

"Tu cuerpo está en la cama de tu apartamento durmiendo, pero tu consciencia está bien despierta, querida Luzi."

"Y entonces, ¿dónde estoy?"

"Estás en Elvendale querida, y mi nombre es Josela."

Su delicada sonrisa no ha abandonado su rostro ni

una sola vez. Tiene el pelo largo castaño oscuro. Lleva un vestido de colores beige claros, atado con una cinta marrón ancha, y lleva una capa marrón rojiza con una capucha cayéndole por la espalda. Lleva sandalias en los pies atadas con cintas que le llegan hasta las rodillas. A modo de joyas lleva pulseras con cuentas verdes, rojas y blancas. Alrededor del cuello lleva una gargantilla fina de color bronce con una piedra en forma de ojo en colores negro, azul y blanco, con el fondo de bronce. El ojo tiene una profundidad inusual.

"¿Como llegué aquí?"

"Este lugar no forma parte de tu mundo tridimensional. No puedes traer aquí tu cuerpo, o mejor dicho, no quieres, pero tu consciencia puede ir a cualquier lado de la creación, es decir, a cualquier universo e incluso más allá, ya sea físico o no."

"No entiendo. ¿Por qué estoy aquí?"

"Te hemos invitado a este encuentro porque queremos enseñarte que hay un lugar y una vida más reales que la vida humana a la que estás acostumbrada. Al mismo tiempo queremos presentarnos, somos los Sidhe."

"¿Los Sidhe?"

"Sí; en tu mundo para la mayoría somos sólo una leyenda, y normalmente somos llamados elfos, pero algunos de vosotros nos conocéis por nuestro verdadero nombre."

"¿Pero, por qué yo? ¿Por qué he sido invitada concretamente aquí ?"

"Por un lado estás aquí porque tienes la energía apropiada, y por otro lado porque las posibilidades de tu futuro apuntan en esta dirección, y también porque tu alma, que es tu consciencia, que eres tú, ha concordado en estar aquí trabajando con nosotros."

"No entiendo nada de lo que estás diciendo, Josela."

"Creo que es más que suficiente por ahora. Te llevará algún tiempo interiorizarlo, y tu mente necesita algún tiempo para aceptar que lo que ha ocurrido es real."

En este momento, siento que lo que me dice es verdad, pero no tengo ningún concepto lógico para validarlo.

"Te decimos adiós por ahora, pero nos volveremos a encontrar."

Siento un baño de amor, y en ese mismo momento el mundo de los Sidhe y sus habitantes desaparecen girando en un vórtice en algún lugar detrás de los árboles, como si fuera una pintura gigante. Se ha vuelto bastante oscuro a mi alrededor. Abro mis ojos físicos y reconozco mi dormitorio, donde estoy acostada de espaldas sobre mi cama mirando al techo.

HA SIDO un sueño... ¿O no? Como dice Josela, ha sido un viaje de mi consciencia, la verdadera yo, no la limitada consciencia humana. Ha sido una experiencia completa, envolviendo tanto sentidos como sentimientos. Siento su perfume cuando inhalo al respirar, pero cuando inhalo nuevamente a través de mi nariz, el olor ha desvanecido. El olor de su perfume no se encuentra en esta dimensión.

Rápidamente cojo mi cuaderno del cajón de la mesita de noche y escribo el acontecimiento. Ahora me siento soñolienta y mis ojos se cierran con rapidez.

Lucia Cane

MMe despierto a las siete y once minutos de la mañana. Me viene a la memoria el sueño de anoche. Por alguna extraña razón, he comenzado a ser consciente de determinadas horas que repito en mis pensamientos, siete y once. A lo mejor es sólo porque rima*. Cojo el cuaderno y leo todo otra vez. La verdad es que fue un sueño muy raro.

*) Nota del traductor: En inglés *seven eleven* rima.

Dentro de algunos días voy a ir a visitar a mis abuelos maternos en Hong Kong.

Mis padres se conocieron en Hong Kong. Mi padre es inglés y mi madre es china. Mi padre era, y todavía es, un hombre de negocios, y mi madre trabajó en la misma empresa que él como corresponsal y secretaria de idiomas.

Nací en Hong Kong en 1.989, crecí ahí, y durante mis primeros años fui a una escuela inglesa. Durante mi primer año de vida mi madre se quedó en casa, pero como su espíritu creativo ansiaba volver al trabajo, más tarde me acostumbré a tener una niñera. No me hizo sentir como si no me quisiese, para mí mi madre sencillamente tenía un trabajo, igual que mi padre tenía uno.

Recuerdo mi infancia como un período feliz. Cuando mis padres no estaban en el trabajo, pasaban todo el tiempo conmigo y, más tarde, también con Anna, mi hermana pequeña. Cuando Anna nació yo tenía seis años, y mi madre decidió quedarse más tiempo en casa. Mi padre le traía trabajo para hacer en casa. Yo estaba en la escuela la mayor parte del tiempo, y Anna aún tenía una niñera. Era bonito saber que ella estaría ahí cuando regresara a casa.

Después por la tarde mi padre se juntaba a nosotros, si no había ido en alguno de sus viajes de negocios.

Mis padres siempre me llaman la luz de su vida, que es la razón por la que me llamo Lucia, abreviado Luzi. Anna se llama así por nuestra abuela paterna, Hannah. Una vez pregunté a mis padres por qué no me llamaron Anna siendo yo la primogénita. Ambos dijeron: "No eras una Anna, ¡tu eres la luz de nuestra vida!" Después de eso, siempre me sentí orgullosa de mi nombre.

Éramos bastante adinerados, pero Anna y yo no fuimos criadas para darle importancia a eso. Nuestra niñera, Zhen, era tratada como parte de la familia, y le pagábamos bien. Al mismo tiempo, nunca tuve la sensación de que nuestra niñera intentara complacernos. Mi padre siempre fue bueno juzgando a las personas, así que Zhen fue seleccionada con mucho cuidado y nunca fue necesario reemplazarla. Se quedó trabajando para nosotros hasta un par de años después de Anna comenzar la escuela. Acabo de mirar el significado de Zhen; quiere decir valioso, genuino e inocente, y es así exactamente como la recuerdo. Era indispensable, consecuente con lo que sentía y actuaba sin secundas intenciones.

La casa donde vivíamos era grande y espaciosa. Era una casa vieja facilitada por la empresa de mi padre. Podíamos haber tenido una casa más moderna, pero todos amábamos esta casa vieja con su enorme jardín, y ni se nos habría pasado por la cabeza tener otra diferente. Era toda de madera, principalmente en diferentes de tonos de madera clara. Todas las paredes, techos y suelos adquirían un brillo dorado cuando los rayos de sol entraban en las habitaciones durante las mañanas y los atardeceres. Aún puedo recordar el olor a lacado cuando el sol lo calentaba. Ese olor siempre me ha dado la sensación de sentirme segura.

Teníamos cinco empleados, dos jardineros, dos empleadas de casa, y un conductor y que también hacía de manitas. No considerábamos a nuestra niñera Zhen como una empleada; estaba más cerca de nosotros que los demás, aunque con los otros también teníamos una relación relativamente estrecha. Una vez, cuando pequeña, mi padre me habló sobre los sirvientes en general.

"No es humillante ser sirviente. Es un trabajo, sencillamente. Todos los diferentes tipos de trabajo son necesarios. Imagina si nadie limpiara la casa o lavara la ropa, o si el jardín se volviera una jungla. Si tu madre y yo tuviéramos que hacer todas estas cosas, no podríamos ir a trabajar y cumplir ahí con nuestro cometido. Esto se llama división del trabajo. Servimos, al igual que somos servidos."

Más tarde, observando a los demás, aprendí que romper con el circulo de trabajar en lo mismo que tus padres trabajaron puede ser difícil, eso si tan siquiera piensas en esa posibilidad.

La abuela Hannah y el abuelo William murieron antes de yo ir a vivir a Inglaterra. Cuando yo era joven solían visitarnos en Hong Kong, y más tarde cuando Anna ya tenía edad para viajes largos, los visitábamos a ellos en Inglaterra. Por aquella época ya se habían vuelto mayores y frágiles, y el último viaje que hicieron a China fue cuando Anna comenzó la adolescencia. Recuerdo a Hannah y William como dos abuelos muy delicados y cariñosos, siempre gentiles y con todo el tiempo del mundo, nunca tenían prisa ni estaban estresados.

William y Hannah trabajaban en el comercio. Principalmente comerciaban con el Lejano Oriente e India. Mi padre también formaba parte del negocio, y así fue como terminó viviendo y trabajando en China. Con el tiempo, expandió sus actividades comerciales, y se juntó con algunas otras empresas. La empresa de sus padres forma ahora parte de la oficina central en Gran Bretaña.

Me mudé de Hong Kong a Londres en el 2.007, comenzando así a asistir a las clases de la universidad en persona. Con anterioridad había realizado cursos por internet, pero quería ampliar mis estudios.

Estudio historia y prehistoria, con especial interés en la investigación de Marija Gimbudas sobre la vieja Europa, culturas antiguas en general, estudios etnográficos, literatura y periodismo.

Para ganar dinero trabajo como escritora independiente para revistas, periódicos y páginas de internet. Además, trabajo como redactora y editora de libros para la universidad, recopilando datos para profesores y colegas, y ayudándoles a editar los materiales. También escribo libros, pero no te sorprenderá saber que es más escribir que vender.

Como herramienta de trabajo uso un smartphone, pero mientras trabajo apago todos los mensajes privados porque son una gran distracción y reducen significativamente mi productividad y eficiencia. No quiero ser una esclava de la tecnología, esta tiene que trabajar PARA mí. No uso juegos ni música en mi teléfono porque me distraen y me nublan los pensamientos; para mí es polución. Escucho música en mi casa por placer, no como distracción. Puede que menees la cabeza cuando te diga que también utilizo lápiz y cuaderno. Uso la cámara de mi teléfono con frecuencia, la mayoría de las veces para fotografiar textos de diferentes fuentes. A veces tanmbién uso la grabadora de voz. Cuando tengo que escribir grandes volúmenes de texto, necesito usar un teclado de verdad, porque uso los diez dedos para escribir. Si no fuera así trabajaría muy lentamente.

He vuelto ahora del trabajo y me he tumbada en el sofá, aprovecho para aclarar las cosas en mi cabeza, para despejar y calmar mi mente, y así poder distanciarme del trabajo por un rato.

Influyendo la Consciencia

Me despierto en Elvendale, en el mismo montículo, pero esta vez no hay música. Noto que mis sentidos están otra vez expandidos, y no sólo los físicos; es como si un conocimiento más elevado, una sabiduría libre de dudas, se estuviera conectando conmigo, y siento como se entreteje a través de todo. Ahora percibo a través de múltiplos niveles de consciencia donde los sonidos tienen color, y los colores tienen sabor. Ahora sé que Elvendale es sólo un nombre que Josela usó para conectar conmigo más fácilmente en nuestro primer encuentro.

"Tienes razón. Aquí todos los nombres tienen múltiplos niveles, que se conectan con todos los sentidos. No sólo oyes el sonido del nombre, sino que también lo hueles y lo degustas, y con el tiempo, te darás cuenta de que tienes más de cien sentidos."

Josela sale de entre los árboles. Su delicada sonrisa y bellos ojos me maravillan una vez más. Siento una profunda conexión entre nosotras y un cálido amor.

"Hola Josela. Es un placer verte de nuevo. ¿Está parte de mi consciencia durmiendo otra vez?"

"Digamos que tu consciencia humana tridimensional está durmiendo. En este momento, me gustaría pedirte que cerraras los ojos e imaginases como sería tu cuerpo aquí en Elvendale. ¡Puede tener cualquier apariencia que quieras!"

Imagino mi cuerpo físico en un vestido largo y ligero en varios colores azul cielo. Mi pelo está suelto y llevo una diadema con piedras transparentes azul claras, otras de color cián, y un diamante grande al frente. Abro los ojos y me miro, y efectivamente llevo este hermoso vestido que he imaginado. Toco mi cabeza y ciertamente, también la diadema está sobre mi pelo como una corona.

"Sé que no tengo unos ojos que pueda cerrar en un sentido físico, que sólo he cerrado una parte de mi consciencia, ¿estoy en lo cierto? ¿Y cómo es que crear en Elvendale es tan fácil?"

"De hecho aquí en Elvendale, nosotros como la consciencia que somos, creamos nuestro mundo a través de la imaginación. Esta imaginación despierta la energía dormida y neutra, que se modela según el patrón que nuestra imaginación ha creado. Este proceso no es magia, o quizá deba decir que la verdadera magia ES esto. La magia normalmente no funciona en la Tierra, porque las personas intentan hacer magia con sus mentes. La mente no tiene esa habilidad. Los pasos a seguir en la verdadera creación consciente son los siguientes: los pensamientos de la consciencia son la verdadera imaginación, así, a través de la imaginación, se manifiesta un patrón. El patrón no tiene por qué ser una cosa, puede ser cualquier concepto, como un evento o una experiencia íntima. El patrón atrae energía dormida, o pre-energía, y esta atracción revive o activa las energías. La energía con los atributos apropiados comienza a ser atraída introduciéndose en el patrón, y lo imaginado cobra forma. En vuestro mundo tridimensional hacéis lo mismo, pero la mayor parte del proceso está aconteciendo en las dimensiones inmateriales, incluso la fase de la formación. Si la imaginación, o como vosotros diríais la energía, está todavía enfocada en o conectada con el objeto, la creación descenderá a vuestra realidad a través de la sincronicidad, bajando su resonancia para adaptarse a vuestra realidad humana. Como ya dije, la forma creada no tiene por qué ser un objeto, puede ser un concepto, o sentimientos, o un evento. Vuestra impaciencia y vuestra duda normalmente sabotea la creación porque la descartáis como imposible y, en realidad, no SABÈIS que podéis crear. El saber forma parte natural de la consciencia, mientras que la mente o el cerebro siempre lo cuestiona todo. Si vuestra creación no aparece en el momento y lugar esperados, descartáis el proceso creativo como imposible.

"Pensé que manufacturábamos cosas."

"En un sentido físico sí, pero de una manera o de otra siempre comienza con la consciencia. Vuestros materiales originales fueron manifestados por la consciencia. Nuestro mundo no es tan denso como el vuestro. Los seres humanos están llevando la creación un paso más allá y haciendo su mundo sólido."

En este ambiente, o debería decir en este estado de consciencia expandido, todo lo que Josela me dice tiene sentido. Me pregunto cómo lo encajará mi parte humana. Y hablando de la parte humana, me gustaría saber más sobre los sentidos, y le hago esta pregunta a Josela. "Me gustaría saber más sobre los sentidos. ¿Cómo puede la consciencia sentir sin un cuerpo?"

"Tu, como consciencia, posees el espectro completo, pero cuando te conectas con tu cuerpo te conectas también con sus sentidos limitados. Cuando tu mente, que no eres tú, está desconectado de los sentidos del cuerpo, dices que estás inconsciente, pero lo único que ocurre es que tu mente no es consciente de las señales emitidas por tu cuerpo. Cuando nos visitaste la última vez, pensaste que tenías un cuerpo porque estás tan acostumbrada a tener uno. Pensaste que oliste, oíste y sentiste nuestro mundo con tu cuerpo, pero fue tu consciencia la que se conectó a la nuestra en el mundo creado por nosotros."

"¿Por qué he elegido como consciencia encarnarme en la Tierra física? Es más fácil y divertido vivir aquí."

"Primero tengo que decirte que no estás conectada a la plenitud de tu consciencia en este momento - por eso estás haciendo esta pregunta. De lo contrario sabrías. Estás en la tierra para tener la experiencia de una vida ralentizada para obtener todos los detalles de vivir desde una perspectiva limitada y así comprender la relación causa y efecto.

Es una experiencia única, y esto no se puede obtener en un ambiente completamente consciente, por así decirlo. En algún momento, todos tenemos que pasar por esta experiencia. Es el motivo por el que estamos incrementando nuestro contacto con la humanidad. Queremos suavizar el ambiente físico y mejorar nuestras habilidades antes de que grupos más grandes comiencen a encarnar en la Tierra física. De entre nosotros hay aquellos que van al frente, pero para la mayoría de ellos es difícil manejar la consciencia humana, el proceso creativo físico, porque la consciencia completa normalmente desaparece en los primeros años de vida como acontece con la mayoría de las personas. Los Sidhe que encarnan en la forma física poseen un profundo conocimiento de que cualquier cosa puede ser manifestada en un instante. Se frustran cuando no acontece, porque terminan creyendo en la consciencia humana que dice o que cree que no puede acontecer. Puedo decirte que hay muchos planetas no físicos como la Tierra, creados como campos de entrenamiento. Muchos seres humanos están enseñando en esos lugares, incluso si no lo saben desde su consciencia humana. Trabajan doble turno, o incluso más, con frecuencia al mismo tiempo, porque la mayor parte de su consciencia no está enfocada en la vida cotidiana."

Es fascinante, y quiero saber todo lo que se puede saber, pero no puedo usar esta información en mi libro, así que quiero alguna otra información.

"Necesito algunos hechos sobre los Sidhe para mi libro. ¿Podrías por favor ayudarme con eso?"

"No somos elfos o hadas como en vuestra mitología, pero los Sidhe somos la base de esas historias. Los Sidhe y los humanos tienen ancestros comunes. Las hadas vienen de Gaia, la Tierra, al igual que algunos seres humanos. Los Sidhe y la mayoría de las personas son semillas estelares, sembradas por los Pleyadianos en el ADN. Aquellos que decidieron permanecer etéreos se convirtieron en los Sidhe, y aquellos que se enfocaron en la experiencia física se convirtieron en seres humanos. Los seres humanos que no vienen de las semillas estelares vienen del planeta mismo, de Gaia. No nos gusta jugar al juego de "nosotros-y-ellos". Puedes decir que la mayoría de los seres humanos tienen más en común con los Sidhe que con los seres humanos que vienen de Gaia, simplemente porque tenemos una historia que precede a la Tierra, por así decirlo. Dicho esto, tenemos que recordar que somos consciencia y no cuerpos, ya sean físicos o etéreos."

"¿Por qué los seres humanos no podemos sentir vuestra presencia cuando estamos tan próximamente relacionados?"

"Debido al incremento de la atención en el plano físico, la humanidad perdió con el tiempo la habilidad de detectar con facilidad los mundos no-físicos, y la tecnología comenzó a tomar el lugar de facultades internas que así se adormecieron. No se debe culpar a la humanidad por esto, debido a que la experiencia física es adictiva y demanda mucha atención. Imagina bajar por un río en un tronco, intentando conservar tu equilibrio; no prestas mucha atención a lo que está pasando en las orillas. Imagina a los Sidhe en las orillas de este río. Perdieron interés en los seres humanos que pasaban el tiempo luchando para mantenerse a flote; al final es como si ninguna de las dos partes tuviera nada en común.

"Al mismo tiempo, debo decirte que algunas personas sí son conscientes de los mundos etéreos, pero pueden darse cuenta de que las personas en general sólo están enfocadas en el mundo físico y aquello que es tangible, así que para ellos no tiene sentido hablarles del mundo no-físico."

"¿Las hadas no existen? ¿Y las personas diminutas y los gigantes tampoco existen?"

"Existen, pero intenta verlos de una forma diferente a como vuestra mitología los presenta normalmente. Las hadas son parte de Gaia, como ya dije. Apoyaron la creación del cuerpo humano hasta que este estuvo preparado para ser encarnado por almas humanas. Tienen una conexión próxima con el reino animal, especialmente con los mamíferos, incluyendo a los seres humanos en tiempos remotos.

"Los Sidhe han influido a algunas hadas. Las personas diminutas y los gigantes fueron los primeros modelos de prueba que se hicieron para el cuerpo humano. Algunas de las hadas han elegido seguir usando estas formas; es por eso que estas criaturas existen. Las hadas inferiores son espíritus puros de la naturaleza, que trabajan con ella, y después están los elementales, que son espíritus de la naturaleza, pero sin consciencia propia. No es tan fácil compartimentar, porque las formas son más bien una cuestión de elección hecha por su consciencia."

"Dices que algunas almas vienen de Gaia, pero entonces, ¿de dónde vienen las otras? Y yo, y mi consciencia, ¿venimos de Gaia?"

"Tu no procedes de la consciencia de Gaia. Gaia es una consciencia colectiva que por ahora está trabajando como la consciencia del planeta tierra. Tu eres un alma; TÚ vienes de una de las 144.000 familias angélicas que existieron antes de la creación de este universo. Es una historia que tiene que esperar para un próximo encuentro, pero por ahora es importante que aceptes que tú, como consciencia o alma, encarnó en una forma física."

"Entonces tienes que convencerme de todo esto de la reencarnación."

"Bueno, veo que vamos a tener que encarar esto de una forma lógica, o como un juego mental. Tienes que concordar conmigo que, de vez en cuando, conoces a alguien que sientes que ya conoces, que te gusta o que te desagrada, incluso siendo la primera vez que los ves."

"Bueno, sí; pero ¿cómo va eso a probar la reencarnación?"

"Tus sentimientos y juicios deben venir de ALGÚN LADO. Son experiencias de otras vidas. Puede que te hayas encontrado con alguien que se parezca a esa persona, y que te haga recordar las experiencias buenas o malas que tuviste con ella; o es alguien que tiene la misma "energía" que la otra persona, lo que quiere decir que las características de sus almas son iguales, o que conoces al alma que está detrás de ese ser humano. Esto último normalmente sucede cuando sientes que puedes confiar en esa persona, y te sientes atraída a ella de una forma profunda."

"Tiene sentido, supongo. ¿Puedo llamarlo intuición?"

26

"Sí, puedes, estás sintiendo la memoria de tu alma o la del planeta. Aprovecharé para decir que no hay tal cosa como lo que llaman "un compañero del alma" con quien te tienes que juntar para sentirte completa; tú eres completa y soberana por ti misma."

"¿Entonces todos los seres humanos, incluyendo los que son semillas de la Tierra, tienen alma?"

"Sí; sus almas vienen de la consciencia de Gaia, tal como el resto de su séquito."

"¿Cuál es mi propósito en todo esto?"

"Simplificando, tienes que introducir conceptos nuevos en el patrón de pensamiento de la consciencia humana. Ya eres humana, ya estás conectada a la consciencia humana, por lo tanto, tus patrones de pensamiento pueden influir a toda la humanidad. Algunas personas, receptivas a estos patrones, los tomarán como propios y traerán esas ideas al mundo humano."

"¿Es una forma de hipnosis o lavado de cerebro?"

"No; sólo estás poniendo ideas nuevas en la consciencia humana, así las ideas se convierten en oportunidades para que las personas adecuadas las puedan incorporar. Sólo una persona que está preparada para estas nuevas ideas puede trabajar con ellas. De lo contrario no resonarán con ellas."

Oigo el altavoz del avión, diciéndoles a los pasajeros que se preparen para aterrizar, y siento un abrazo delicado proveniente de Josela antes de que mi consciencia vuelva al avión. Ergo mi asiento y echo un vistazo afuera de la ventana. Veo el mar con sus islas al sur y el sol reflejándose en el agua.

Hong Kong

Lo primero que hago al llegar a Hong Kong es visitar a mis abuelos maternos. Mi abuela Jiang, que significa río, tiene 71 años, y mi abuelo Cheng, que significa viaje, tiene 78. Su apellido es Guan, que quiere decir pasaje de montaña. Viven en un apartamento pequeño en el área de Waterfall Bay o Bahía de la Cascada en la isla de Hong Kong.

Aquí en Hong Kong no necesito coche, así que cojo el tren desde el aeropuerto a la Estación Este de Tsim Sha Tsui y desde allí cojo un taxi a la Isla de Hong Kong a casa de mis abuelos. Después de visitarlos me registro en Hua Qing Lou en la calle Wah Fu, cerca de su casa.

Cada vez que visito a mis abuelos, me parecen mucho más viejos que la última vez que los vi, y cada vez pienso que esta puede ser la última vez que los vea. Mi abuelo tiene casi 80 años, y una larga vida trabajando en la industria textil ha dejado su marca. No podría sobrevivir sin mi abuela, pero ella también se ha vuelto mayor y débil. Todavía pueden pasear hasta la playa al atardecer, pero eso es lo más lejos que mi abuelo puede andar.

Llego a la calle de Waterfall Bay a las cuatro de la tarde. Mi abuela está sentada afuera a la sombra en una de las ligeras sillas metálicas que hay junto a una pequeña mesa cuadrada facilitada por el propietario del edificio. Su rostro se ilumina con una sonrisa grande que le provocan aún más arrugas. Le lleva algún tiempo levantarse de la silla, me ha dado tiempo de pagar al taxista, coger la maleta y llegar junto a ella antes de que haya conseguido salir del recinto. Nos abrazamos por un momento, y a ambas se nos llenan los ojos de lágrimas.

"Bienvenida, bienvenida, Luzi, cariño. El abuelo está en el apartamento. No se siente muy bien estos días."

"Hola abuela, me alegro de verte."

Mi abuela lleva un vestido amarillo pálido, con flores naranjas y azules, y zapatos corrientes de algodón Kung Fu Tai Chi.

"Preguntaré al conserje si puede cuidar de tu maleta hasta que vayas al hotel. El Sr. Wu es un hombre muy simpático."

El Sr. Wu sale cuando me ve llegar. Tiene una gran sonrisa en el rostro. "Querida Luzi, qué alta y bonita que te has vuelto; estás hecha una verdadera señorita." Lleva su uniforme marrón claro y su gorra de siempre, y zapatos marrones oscuros. Todavía me ve como una colegiala, aunque se haya encontrado conmigo de adulta ya varias veces.

"Gracias Sr. Wu; espero que usted y su familia se encuentren bien y su situación sea próspera."

"Sí Luzi, gracias."

"¿Puede cuidar de la maleta de Lucia hasta que vaya al hotel esta tarde, Sr. Wu?"

"Sí, por supuesto; cualquier cosa por Luzi. ¿Necesita alguna cosa de la maleta antes de llevarla adentro?"

"No gracias, tengo todo lo que necesito por ahora
en mi bolso, Sr. Wu; y gracias por ayudarme."

"Vayamos arriba. El abuelo estará sin duda ansioso
de verte, cariño." Mi abuela se dirige a la entrada.

Nos dirigimos despacio al edificio. Por suerte el
apartamento sólo está en el segundo piso. Sostengo
a mi abuela por debajo del brazo. Está envejeciendo
bastante. Ha tenido una larga vida llena de experiencias; unas alegres, otras tristes, algunas livianas
y otras tediosas. Me imagino a mí misma con su
edad; ¿cómo habrá sido mi vida cuando mire para
atrás?

Mi abuelo debe habernos oído subiendo las escaleras, porque está de pié junto a la puerta cuando
entramos.

"Lucía, cariño; bienvenida a nuestra humilde casa."

Abre los brazos y nos abrazamos.

Da un paso atrás y me mira.

"Te pareces a tu madre cuando te dio a luz. Bueno,
excepto por la barriguita, ¡claro!"

"Bueno, ¡ella ES ciertamente más alta!" Dice mi
abuela.

"Sí, sí, pero su rostro. Es como mirar a Ya en aquel
entonces. ¿No llevo razón? ¡Claro que llevo razón!"

"Ve para adentro, Lucia necesita relajarse después de un viaje tan largo. Prepararé té. ¿Qué te gustaría comer, cariño?"

"Abuela, no tengo mucha hambre, pero un té estaría bien, con una galleta o dos tal vez."

Entro en la pequeña sala de estar, donde la luz del sol que entra por las ventanas hace todo brillar con una luz dorada. Ahora tengo la oportunidad de echar un buen vistazo a mi abuelo. Lleva una chaqueta azul oscura suelta con un ligero patrón sobre el pecho, debajo lleva una camisa azul oscura. Lleva pantalones negros y zapatos Kung Fu Tai Chi negros, como mi abuela. Su rostro parece cansado, y su pelo está corto y canoso. Se sienta a la pequeña mesa redonda, que ya está puesta para tres. Es la misma vajilla que han usado siempre, y todo parece tan familiar. El aparador viejo, los estantes de libros, el sillón del abuelo, el sofá, los adornos, los cuadros; lo he visto todo tantas veces. Bueno, excepto la fotografía del día de graduación de mi hermana pequeña. He visto la foto antes, pero no aquí; tengo una yo misma. Me siento a la mesa en mi sitio de siempre.

Mi abuela viene y me sirve té, y hablamos sobre lo que ha ocurrido desde la última vez que nos vimos. Mi abuelo disfruta del calor del sol y se adormece lentamente. Está disfrutando de mi visita a su manera, oyéndonos a las dos mujeres hablando, creando así un ambiente de fondo acogedor.

"Debías ir a ver a Ju-long. No vive lejos de aquí. No tengo su número, pero trabaja en la biblioteca."

Tenemos una biblioteca local, Biblioteca Pública Pok Fu Lam, en la calle Waterfall Bay, justo enfrente del café y del centro comercial. No está lejos de mi antiguo colegio, Escuela de Enseñanza Primaria Precious Blood. No he mantenido contacto con Ju-long, que por cierto quiere decir "poderoso como un dragón", desde entonces. Si fuera a verlo, puede que tuviera alguna información útil para mí ahora que trabaja en la biblioteca.

"Iré a la biblioteca mañana y hablaré con Ju-long. Estaría bien ver a ambos otra vez, a él y a la biblioteca."

Me quedo a cenar, somos mi abuela y yo las que hablamos mayormente. Después, los tres vamos a pasear a la cascada tomando el camino más corto, pero no lo seguimos todo el camino hasta la playa. Mi abuelo se vuelve más como su antiguo yo y empieza a hablar de los tiempos antiguos y de lo diferente que eran las cosas entonces, como por ejemplo, que no había contenedores de barcos ni plástico por todos lados. Después de una rápida miraba a la bahía, emprendemos el corto paseo de vuelta por el mismo camino. Llevo mi bolso conmigo, así que cuando llegamos al edificio de apartamentos, sólo tengo que recoger la maleta que dejé con el Sr. Wu; después me despido dándoles las buenas noches a todos.

De vuelta al hotel, arreglo las cosas para pasar la noche. Envío un mensaje a mis padres y a Anna para darles recuerdos de parte de mis abuelos. Pronto será por la mañana ahí en casa. Ahora estoy tumbada en la cama pensando en el pasado y en el futuro.

Estuve enamorada de Ju-long cuando era joven. Me di cuenta de que era más profundo que la mayoría de las personas, incluyendo a la mayoría de las chicas. Sí, era atractivo, pero también tenía una sabiduría sutil cuando le mirabas a los ojos, cosa que sólo me permitía a mí misma hacer durante unos segundos.

He dormido más de lo normal debido al jet-lag, así que después de un desayuno tardío, voy a la Biblioteca Pública Pok Fu Lam. Camino muy despacio y presto atención a todo, lo nuevo y lo viejo. Nada ha cambiado mucho; sólo el nombre de las tiendas y a lo que se dedican; siguen situadas en los mismos edificios.

Llego a la biblioteca a las diez y diez. Las persianas de acero están subidas, y la puerta está abierta sujeta por un pisapapeles para que entre algo de aire fresco en la sala. Por suerte no es jueves, que es el único día que la biblioteca cierra. Abre todos los demás días a las diez de la mañana. Entro, y el olor es el mismo que el de hace años. Me trae de vuelta memorias y un sentimiento de seguridad. Ando hacia el mostrador y pregunto por Ju-Long, porque no consigo verlo. La chica del mostrador me sugiere que mire en la Sala de Estudios de los estudiantes, y apunta en dicha dirección.

La sala es fácil de encontrar, entro y miro a mi alrededor. Las únicas personas que se encuentran aquí son un hombre joven, explicando algo en frente de una pantalla de ordenador, y cinco jóvenes estudiantes femeninas, que están todas atentas al hombre joven. Todos están de espaldas a mí. No los quiero molestar, pero me acerco para hacer notar mi presencia al grupo.

Después de unos segundos, el hombre joven se gira hacia mí. ¿Es posible que este sea realmente Ju-long? Ahora reconozco sus ojos, y me quedo sin respiración. Lo recordaba atractivo, pero ahora está... impresionante.

"¿Luzi?"

"Eh, ¿Ju-long?"

"¡Querida, querida Luzi, no sabía que estabas en Hong Kong!"

"Llegué ayer. Me estoy alojando en Hua Qing Lou, y estuve visitando ayer a mis abuelos. Mi abuela me sugirió que te visitara, y me dijo que trabajabas aquí en la biblioteca."

"Es maravilloso verte, y que cambiada que estás. Estoy un poco ocupado ahora mismo y no voy a tener mucho tiempo durante mi horario laboral. ¿Qué tal si nos vemos esta noche en la cascada, a las ocho? Está cerca tanto de tus abuelos como de tu hotel."

Me siento un poco desilusionada, pero al mismo tiempo, necesito un poco de tiempo para recomponerme.

"Sí, ya veo que estás ocupado. Muy bien, entonces

hasta las ocho en la cascada. Me alegro de que nos vayamos a ver más tarde."

Dejo la biblioteca, y no estoy segura de lo que siento. Mi estómago está lleno de mariposas, y falta mucho para las ocho.

Como la calle de Waterfall gira y vuelve a la casa de mis abuelos, sigo la calle, pero no tengo mi atención muy enfocada en mi alrededor, lo que me rodea se convierte más bien en una sensación borrosa que se encuentra en mi periferia. ¿Por qué estoy tan conmovida por haber visto a Ju-long? Es como si hubiera una profunda conexión entre nosotros. Necesito descubrir si Ju-long siente lo mismo. Por lo menos estoy segura de que se alegró de verme.

Almuerzo con mis abuelos, y les cuento que he visto a Ju-long en la biblioteca, y que voy a volver a verlo al atardecer en la cascada.

El rostro de mi abuela se ilumina con una gran sonrisa. "Eso es maravilloso, Lucia. Muchas parejas pasean por la playa al atardecer. El viento está normalmente tranquilo a esa hora, y también puedes ver la puesta de sol. Será muy bonito esta noche porque la humedad del aire es elevada, y puede que llueva mañana."

La abuela y yo vamos de compras por la tarde antes de la hora del té, y me tengo que esforzar por mantenerme enfocada en las compras y la conversación.

"¿Cuál sería la mejor cena de todas que podríamos preparar para el abuelo? Él no participa mucho en nuestras conversaciones, por eso quiero preparar algo especial para él."

"Bueno, creo que entonces deberíamos escoger pescado. Vamos a ver lo que encontramos, y después decidiremos lo que podemos añadir al menú."

Reconexión

El día se me hace muy largo, pero finalmente llega la hora de ir a la cascada y encontrarme con Ju-long. He pasado algún tiempo seleccionando lo que me voy a poner, y termino llevando un vestido sin mangas blanco por encima de las rodillas, con unas flores en el borde, y tenis azules sin medias. Levo el pelo suelto.

Cuando llego al final del camino que está cerca de la cascada antes del descenso a la playa, Ju-long ya está ahí. Lleva tenis, vaqueros, una camiseta blanca, y una chaqueta suelta de color azul. Su pelo negro corto tiene un estilo desaliñado. Está muy atractivo, me atrevería a decir incluso sexy.

Sonríe. "Estás para quedarse sin respiración, Luzi, como siempre."

"Gracias, Ju-long. También estás muy atractivo. No me sorprende que las chicas anden alrededor tuya como moscas."

"Sólo son unas colegialas tontas," dice, un poco incómodo. "Vayamos a la playa."

Lidera el camino y como voy andando detrás de él, no puedo evitar mirarle el bonito trasero. "Luzi, estás totalmente fuera de control," me digo a mí misma.

"Hace mucho que no vengo aquí. Empleo casi todo mi tiempo libre estudiando programación de bases de datos, así como diseño web."

"¡Así que te convertiste en un picado de los ordenadores!"

Sonríe, ¡y que sonrisa! "Es bastante interesante; se
pueden combinar, y puedo usar ambos en mi trabajo en la biblioteca. También estoy haciendo algo
de trabajo independiente en esa área."

"Haciendo un dinerito extra, veo."

Llegamos a la playa, está cubierta de piedrecitas re-
dondas hasta la orilla, tiene una franja estrecha de
arena más arriba cerca de la pendiente. Ju-long se
gira y me mira.

"Hay bastantes piedras, pero caminemos de todos
modos, y mientras puedes ir contándome en que
trabajas, Luzi."

Uso las piedras de la playa como excusa para cogerle la mano, mientras paseamos hacia el sur con
el agua a la derecha y el parque de Waterfall Bay a
la izquierda. El olor a hierba marina y algas podri-
das es tal como lo recuerdo de la última vez que
estuve aquí.

"Estudio y trabajo en la universidad. Estudio prehistoria, culturas antiguas y antropología social
y cultural, así como comunicación y periodismo.
Referente a la parte laboral, donde normalmente
también adquiero conocimientos, edito libros para
la universidad, recogiendo datos para profesores y
colegas, y ayudándoles a editar el material. También trabajo como escritora independiente para
revistas, periódicos y páginas web. Trabajo como
editora y redactora, y escribo libros."

"Haces muchas cosas en tu vida. ¿Estás escribiendo algún libro ahora?"

"Sí, un par de ellos de hecho; pero en el que estoy concentrada ahora mismo es uno sobre elfos, hadas y nomos, desde una perspectiva histórica y cultural. Cómo y por qué existen estas historias, y si hay elementos comunes entre historias provenientes de lugares distantes entre sí."

"Parece fascinante. Ya que estás aquí deberías indagar un poco sobre estos temas. Estaría encantado de ayudarte en lo que pueda."

"Bueno, podría indagar un poco en la biblioteca, pero el tema se volvería muy extenso si quisiera cubrir toda China. Aunque ahora que lo pienso, debe haber material que no esté todavía en la internet, puede que encuentre alguna cosa jugosa."

Deseo saber más sobre Ju-long y su vida.

"¿Cómo están tu madre y tus abuelos, Ju-long?"

"Mi madre no está muy bien. Tiene sobre todo problemas con sus pulmones, está débil en general. Vivo con ella y con sus padres en un apartamento pequeño en la calle Wa Fu. No mantengo contacto con mis abuelos paternos. Mis abuelos son viejos y no están nada bien. Mi madre trabaja en el centro comercial, pero le está pesando tener que cuidar también de mis abuelos. Para mí es duro presenciar esto, así que la ayudo en lo que puedo."

"Me deja triste oír esto. ¿Así que no estás casado ni tienes novia?"

"Ah no; la verdad, no puedo permitirme una boda y una esposa, y no creo que tenga tiempo para una novia, con todo mi trabajo, los estudios y la familia. ¿Cómo te va a ti en Londres?"

"Tengo un apartamento muy bonito y me va bien. Mi padre me subvenciona un poco, y disfruto de mi trabajo y de mis estudios en la universidad."

"¿Algún novio?"

"No, tuve uno, pero teníamos intereses diferentes y ambos estábamos muy envueltos en nuestro trabajo y nuestros estudios. La relación se disolvió por sí sola."

Hablamos un poco más, pero después de un rato estar simplemente juntos en silencio nos es suficiente.

Contemplamos la puesta de sol en la isla de Lamma, pero después se torna un poco fresco, y Ju-long me presta su chaqueta. Huele muy bien.

Volvemos a la cascada cogiendo ahora por el parque. Ju-long tiene su brazo alrededor de mis hombros. Rompe el silencio.

"He estado pensando en cómo poder ayudarte con tu libro. Deberías ponerte en contacto con Ling; está estudiando en la universidad de Pekín, creo que historia y folclore entre otras cosas."

"¿Ling? ¡Vaya! Hace años que no sé nada de ella, y ¿me dices que está estudiando en la universidad? ¡Qué interesante!"

"Mañana busco sus datos para que puedas contactarla. Espero verte mañana..."

"Sí, claro. ¿Voy a la biblioteca o espero hasta que estés libre?"

"Ven a la biblioteca. Puedes contactar a Ling desde ahí. Podemos aprovechar para hablar de lo que vamos a hacer mañana por la noche, ¿no?"

"A lo mejor puedes enseñarme un sitio nuevo donde se coma bien, y después podemos ir a un sitio donde podamos hablar, pero no un cine o similar."

Ya no tiene su brazo alrededor de mis hombros, y encuentro el coraje de cogerle la mano. Él toma la mía, y de repente siento una calidez recorrer todo mi cuerpo. Puedo sentir la conexión entre nosotros. De repente estamos enfrente del hotel, y Ju-long toma mis manos. Se queda mirándome a los ojos durante una eternidad.

"Este es un momento muy especial, Luzi. Es como si hayamos reforzado una conexión que siempre estuvo ahí; como si comenzáramos a recordar los sentimientos que tuvimos el uno por el otro hace mucho."

"Es verdad, es casi un momento mágico; sí, tal como si fuera un recuerdo, una reconexión."

Nos quedamos así de pie por mucho tiempo, hasta que Ju-long me da un abrazo. "Nos veremos mañana. Buenas noches mi dulce Luzi, luz de mi vida."

¡Estoy tan conmovida! Tengo lágrimas en los ojos.

Devuelvo la chaqueta a Ju-long. "Sí, nos vemos mañana. ¡Buenas noches!"

Ahora estoy en la habitación del hotel, sin acordar-
me de como llegué aquí. Ha sido un día tan especial, y ya estoy ansiosa para que llegue mañana.
Tomo una ducha rápida. Por alguna razón el agua
me está irritando; está demasiada fría y demasiada
caliente al mismo tiempo. Es como si los nervios
de mi piel estuvieran fuera de control. Después de
la ducha me pongo un camisón suelto, pero más
tarde termino en la cama desnuda otra vez. La noche se me hace larga pero aun así de vez en cuando
consigo quedarme dormida.

Por la mañana estoy tranquila, aunque no me siento
muy descansada. Me ducho y me arreglo antes de
ir al comedor a desayunar. Escojo un vestido más
simple esta vez; es blanco y tiene un estampado, y
es de manga corta. Me pongo los tenis vaqueros y
llevo el pelo en una cola de caballo. Tengo tiempo
para ir a ver a mis abuelos antes de encontrarme
con Ju-long en la biblioteca.

Mis abuelos, Jiang y Cheng, siempre se levantan
temprano. Cuando llego, mi abuelo está sentado
en su sillón escuchando la radio, y mi abuela está
haciendo las cosas de casa. Mi abuela sirve su té
especial, y ambas nos sentamos a la pequeña mesa
redonda mientras mi abuelo se queda en su sillón.
Les cuento por encima mi encuentro de anoche con
Ju-long, y mis planes de hoy de ir a visitarlo a la
biblioteca, donde me ayudará a encontrar material
para mi libro y ponerme en contacto con Ling en
Beijing.

"Eso es maravilloso," dice mi abuela. "Ju-long es un hombre tan encantador y atractivo. Seguro que él puede ayudarte."

Mi abuelo comenta desde su sillón, "Ling era una chica tan linda. No la hemos visto en mucho tiempo, ni a sus padres tampoco."

Estoy sentada, pensando en mi próximo encuentro con Ju-long, me siento como una colegiala enamorada. Ha tocado algo dentro de mí.

"Mejor me voy. No quiero que nadie acapare a Ju-long antes de yo llegar."

Me despido besando a los dos viejitos y cojo mi bolso. Ando demasiado deprisa, pero no puedo evitarlo; estoy ansiosa de ver a Ju-long otra vez; de oírlo hablar, disfrutar de su olor y sencillamente mirarlo. Justo antes de llegar a la biblioteca, veo a Ju-long andando enfrente mía.

"Ju-long," llamo, y empiezo a correr hacia él. Se gira, me ve y me sonríe. Le alcanzo y nos abrazamos.

"Hola Luzi. Estás fantástica."

"Tú también; llego un poco temprano, pero no quería arriesgarme a que alguien te acaparara antes de yo llegar aquí."

"Yo también llego temprano. Quería tener los ordenadores preparados y funcionando, para que cuando llegaras estuvieran listos."

Parece un poco nervioso, ¿o está sencillamente entusiasmado por comenzar?

"Tengo las llaves conmigo, así que comencemos."

Poco después, llegamos a la biblioteca y sube las persianas de seguridad, después abre la puerta, y deja el libro en el mostrador de devoluciones de la entrada, de todas formas, ya son casi las diez. Es muy eficiente y está seguro de lo que hace.

"¿Cuánto tiempo llevas trabajando aquí en la biblioteca?"

"Más o menos desde que te fuiste a Inglaterra. Al principio no trabajaba a jornada completa, eso vino después. Tuve que ir a la escuela antes de comenzar como bibliotecario, y también he hecho algunos cursos entre tanto."

Entramos, y Ju-long comienza con las rutinas necesarias para abrir la biblioteca.

Le sigo, preguntándome por qué habrá terminado aquí.

"¿Qué tiene el trabajo de bibliotecario que encuentras tan... puedo decir, inspirador?"

"Bueno, no es el conocimiento por sí mismo, o las historias, o sea lo que sea que facilitamos; es lo que las personas hacen con ello o, mejor dicho, lo que todo ello les hace a las personas. De alguna forma, las cambia, y con suerte incluso influye sus sueños y elecciones, y les hace ver nuevas posibilidades en sus vidas."

¡Vaya, esto es realmente profundo!

"Esa podría ser mi respuesta si me preguntaras por qué escribo, facilitar de alguna manera conocimiento y experiencias a las personas. Les proporciono oportunidades que de otra forma a lo mejor no habrían tenido, o por lo menos, les ofrezco una manera de alcanzar esas oportunidades."

Ju-long ha terminado con las tareas habituales y dice, "Tengo algunas sugerencias que podrías mirar mientras busco la información de contacto de Ling. Después, te ayudaré con la parte más pesada de la literatura China."

"Gracias, eso haré. Lo que pueda encontrar sobre elfos y similar aquí en China puede ser interesante."

Poco después, Ju-long vuelve con los contactos de Ling, y le envío un email a su QQmail. Acaba de llegar la chica del mostrador con quien hablé el otro día. Su nombre es Liling. Nos saludamos, pero después de esto no nos presta más atención. Ahora llegan los usuarios y otros empleados, y pronto me llega el sonido de personas atareadas con su trabajo. A lo largo de la mañana hemos sido capaces de encontrar algunos "seres" que puedo usar de forma paralela a los términos en inglés de la descripción, pero frecuentemente los elfos y las hadas son vistos como la misma criatura en inglés, y yo misma no estoy segura.

Parece que elfo, hada, genio y espíritu son todos escritos como 精灵 en chino simplificado, y pronunciado "jing ling". Necesito encontrar más información sobre estas criaturas para poder distinguirlas las unas de las otras. No parece que haya estudios serios sobre criaturas folclóricas, excepto sobre dragones, claro.

A la hora del almuerzo, vamos al restaurante Howard Johnson un poco más arriba de la calle y pedimos nuestra comida. Es más bien un café, pero Ju-long dice que la comida es buena. Llevamos la comida para afuera, y nos sentamos en unos bancos ahí cerca.

Ju-long termina su primer bocado y dice, "Bien, esta mañana me probé diferentes camisas y camisetas, incluyendo una blanca con un corazón rojo grande que decía "TE QUIERO". Después me sentí demasiado tonto con ella, así que terminé poniéndome esta."

Es una camisa azul claro, con dos cisnes blancos nadando. Ju-long debería saber que no me importa que camiseta lleva, ni siquiera si lleva una.

"Si supieras qué noche y qué mañana llevo. ¡YO SÍ QUE FUI TONTA! Encontrándome contigo de nuevo ha vuelto mis sentimientos del revés, si se puede describir así. La camiseta está bien; me gusta. Para mí tiene el mismo mensaje, y yo tampoco quiero ocultar mis sentimientos por ti."

"Por un lado, acabamos de conocernos, pero por otro lado nos conocemos desde hace mucho. Estamos enamorándonos, pero la conexión ha estado ahí todos estos años. También te quiero Ju-long. A lo mejor no es el sitio más romántico para decir estas cosas, pero es la verdad."

Ambos nos ponemos de pie y nos abrazamos durante mucho tiempo. Todo da vueltas, y por un momento, el mundo exterior sólo lo percibimos de una forma destemplada allá a lo lejos.

Nos sentamos, y la mayor parte del tiempo mientras comemos nos miramos a los ojos. Es un momento mágico, muy íntimo. El teléfono de Ju-long suena; es hora de volver a la biblioteca. Nos cogemos de la mano en el camino de vuelta, y parece que no tocamos el suelo.

Cuando estamos de vuelta en la biblioteca alguien busca el consejo profesional de Ju-long, así que sigo algunos de los hilos que recopilé esta mañana, pero para ser sincera, no consigo concentrarme en absoluto. Mi mente está flotando en un mar de hormonas, completamente en el limbo. Miro mi email para ver si Ling me ha contestado, pero todavía no hay nada.

Mi interior se vuelve más y más caótico. Pensamientos y sentimientos están todos dando vueltas en una tormenta, y no consigo enfocarme en nada.

Otra vez miro mi email, y esta vez hay un mensaje corto de Ling. "Me alegro de tener noticias tuyas, Luzi. Es gracioso que ambas hayamos terminado por trabajar en historia (además de otras cosas). Podría desenterrar algún material y enviártelo por email, pero entonces no tendríamos la oportunidad de hablar sobre el asunto, y habría algún tiempo de espera entre emails. Prefiero que vengas a Pekín y, ¡de veras me gustaría verte otra vez!"

Me parece que me lo tengo que pensar, o mejor dicho, tengo que ver lo que siento sobre esto, porque odio tener que dejar a Ju-long justo cuando lo he encontrado... de nuevo. Mi vida ha cambiado por completo, y necesito reconsiderarlo todo, pues quiero quedarme con Ju-long. ¿Como encajará él con mi trabajo y mis estudios en Londres? Respondo a Ling, "Gracias por tu respuesta. Voy a ver si consigo visitarte en Pekín."

Tengo que hablar de esto con Ju-long, y salgo de la sala de estudios. Veo que viene hacia mí. "¿Recibiste una respuesta de Ling?"

"Sí, y a ella le gustaría que fuera a visitarla a Pekín. Pero es que, no sé en qué medida está cambiando mi vida ahora que tú estás en ella, es como si tuviera una nueva carta en la baraja, por así decirlo. En realidad, tiene que ver más contigo y conmigo que con Ling. Estoy muy confusa; vivo en Londres y tú vives aquí en Hong Kong, y no puedo pensar claramente."

"Enfrentemos una cosa de cada vez. Hemos encontrado una conexión, y eso no desaparecerá donde quiera que estemos, juntos o separados. Démonos algún tiempo para averiguar cómo estar juntos. No podemos precipitarnos. Quiero estar contigo, no lo dudes. Creo que deberías ir a visitar a Ling en la universidad de Pekín y ver que material podéis recopilar para tu libro. No me estás abandonando sólo porque hagas un viaje corto a Pekín; sólo es un viaje."

"Pues claro, ¡qué tonta de mí!"

"No eres tonta en absoluto. Has descubierto algo

valioso, y tienes miedo de perderlo, pero no lo vas a perder. Busquemos vuelos a Pekín y veamos cuál le conviene más a Ling."

Me quedo más tranquila; ahora sólo me queda un objetivo en que enfocarme. Nos sentamos a uno de los ordenadores de la sala de estudios. Me reclino hacia Ju-long, y en mi interior siento felicidad y calidez. Poco después, envío a Ling las fechas de vuelo disponibles. Le pido que responda también al email de Ju-long, pues mis abuelos no tienen internet. Poco a poco, siento que todo va a salir bien, y que Ju-long y yo encontraremos una forma de estar juntos en el futuro. Son casi las siete de la tarde, y la biblioteca está a punto de cerrar. Voy a cenar con mis abuelos ahora y Ju-long vendrá a visitarnos más tarde, como es su deseo. "Hace mucho tiempo desde la última vez que hablé con tus abuelos."

Caminamos desde la biblioteca cogidos de la mano, y antes de separarnos nos abrazamos y pongo mi cabeza sobre el pecho de Ju-long sintiéndome muy feliz. Antes de dejarme me besa en la frente, me encantaría besarle en la boca, pero el momento para eso ya vendrá. Nos decimos adiós con la mano.

Ju-long

Llego a casa de mis abuelos. La cena está preparada, y mi abuelo está poniendo la mesa. "Debes tener hambre después de un día tan largo."

Huele deliciosamente a la comida de mi abuela, y me doy cuenta del hambre que tengo. Hemos almorzado, pero estoy hambrienta otra vez.

Mi abuela pone un plato grande encima de la mesa. "¿Tuviste suerte hoy en la biblioteca?"

"La información por sí era poca, pero ahora estoy en contacto con Ling en Beijing, en la Universidad de Pekín donde trabaja. Quiere que la visite. Enseña historia, entre otras cosas. Ju-long y yo le hemos enviado las fechas de los vuelos por email, y ahora estamos esperando su respuesta."

"Ah, sí, Ling. Es gracioso que esté trabajando en historia, al igual que tú."

Coloco una jarra con agua encima de la mesa, y me siento. "Ju-long va a venir a visitarnos esta noche. No os ve desde hace mucho tiempo, y me dijo que quería venir a visitaros."

"Eso es maravilloso, Luzi, cariño. Nos gustaría mucho verlo."

Ju-long llega después de cenar, trayendo consigo una pequeña caja de bombones. Es recibido con calidez por parte de todos nosotros. Por razones de tradición y también culturales, Ju-long no me abrazaría en una situación similar así que soy yo la que le doy un abrazo cálido y le cojo la mano por un momento. Puedo sentir su sorpresa, pero como somos medio ingleses, no tengo esas reservas, y sé que mis abuelos aceptarán mi comportamiento. Aunque hayamos estado separados tan sólo unas horas, estoy muy contenta de estar cerca de él otra vez, de sentirlo y olerlo de nuevo.

"No te hemos visto durante mucho tiempo, Ju-long," dice mi abuela, y me guiña un ojo, en señal de que sabe lo que siento.

Nos juntamos alrededor de la pequeña mesa redonda de la sala; traigo las tazas y la abuela trae el té. "¿Cómo está tu familia, Ju-long?"

Ju-long nos habla sobre su familia. Ya me contó casi todo sobre ellos, pero cuando comienza a hablar sobre su padre, le resulta bastante difícil. Ha caído mentalmente enfermo y no reconoce a su familia. Por la misma razón, no mantiene ninguna relación con su familia paterna. Poco después decide que ya es hora de irse.

"Es hora de irme. Ha sido una noche maravillosa, y fue maravilloso veros de nuevo."

"Yo también me voy a ir. Podrías acompañarme al hotel, Ju-long; está sólo a unos minutos de aquí."

Aunque ansío estar con él, no quiero que sea en una habitación de hotel en secreto, y de todas formas no podríamos hacerlo a escondidas, porque Ju-long no podría llegar a mi habitación sin ser descubierto. Vamos paseando sin hablar, cogidos de la mano, disfrutando del momento mientras llegamos al hotel. El nombre del hotel, Hua Qing Lou, es sólo un cartel en letras pequeñas. El olor a comida que viene de la ventilación de la cocina es fuerte, y la luz pobre indica que no vas a encontrarte con un hotel de cinco estrellas al otro lado de la puerta. Ahora estamos de pie cara a cara mirándonos a los ojos. Nos besamos. El sentimiento se expande por mi cuerpo, donde cada receptor sensorial está abierto a recibirlo. En este momento no existe ni el tiempo, ni el espacio, sólo percepción sensorial. Lentamente nos separamos; nos cogemos de la mano, y de nuevo nuestros ojos se encuentran. Esta es la verdadera magia de la vida.

"Te contactaré mañana cuando Ling me responda. Dulces sueños, Luzi, cariño."

"Tú también, Ju-long, cariño mío. Tengo la sensación de que no voy a dormir mucho esta noche, pero no me importa, porque estaré pensando en ti con cada latido de mi corazón."

Puedo ver y también sentir su reluctancia a irse, pero habrá más ocasiones y otros sitios; y cruzo la puerta para ir a mi habitación, queriendo tan sólo tumbarme en la cama y flotar en estas sensaciones de alegría eufóricas que todavía siento en mi cuerpo.

Al final tuve una buena noche de sueño y ahora, de camino a desayunar, me siento refrescada y alegre. La luz pobre de la sala no puede hacer desaparecer la brillante luz del sol que siento en mi barriga. He decidido pasar más tiempo con mis abuelos, ahora que supuestamente voy a ir a Pekín en breve. No tengo duda de que Ju-long y yo encontraremos una forma de estar juntos, así que he tomado la decisión de no preocuparme en buscar una solución, que todas formas se presentará por si sola.

Después de desayunar, principalmente fruta, con un poco de pan y té, dejo el hotel y voy a casa de mis abuelos. Sé que Ling me contactará por teléfono, y Ju-long por email, así que no tengo nada más para hacer.

Mis abuelos, claro está, llevan horas levantados. Mi abuela y yo hemos acordado en ir a pasear y hacer algunas compras, mientras mi abuelo decide sentarse en frente del edificio, observando la vida pasar y hablando con los amigos.

Mi abuela y yo acabamos de salir del centro comercial cuando suena mi teléfono. Veo que es Ju-long quien llama. "Hola Ju-long; ¿tienes noticias de Ling?"

"Es maravilloso oír tu voz otra vez. Pero veo que estás con un poco de prisa. En unos días, Ling va a ir con algunos de sus alumnos de excursión científica durante dos semanas a una vieja excavación arqueológica, y está haciendo las maletas. Con todo, le gustaría mucho verte y, como ha estudiado tanto símbolos de Sellos como de Oráculo, es probablemente la persona más adecuada para ayudarte en este momento. Tendrías que salir mañana, seguramente en clase de negocios, si no quieres esperar a que ella vuelva. Hay un vuelo mañana, pero no está en nuestra lista pues no podíamos haber anticipado que ella iría de excavación en breve. Creo que deberías aprovechar esta oportunidad y salir para Pekín mañana."

"Mi abuela y yo estamos de compras ahora, pero iré a la biblioteca en cuanto pueda para comprar mi billete. Tu y yo podríamos almorzar después."

"Me parece fantástico; y Luzi, ¡te quiero!"

"También te quiero." Un calor me recorre todo el cuerpo. Colgamos el teléfono y le cuento la conversación a mi abuela.

"No te preocupes por mí. Las compras no pesan tanto, así que puedo llevarlas fácilmente a casa. Tú ve a comprar el billete, ¡antes de que se acaben!"

"Déjame por lo menos llevar una de las bolsas."

"Ah no, con el carrito iré bien, es mejor así; y saluda a Ju-long de mi parte, cariño."

"Vale, pero no sé cuándo estaré de vuelta."

"Te veremos cuando sea. Pásatelo bien cariño."

Dejo a mi abuela, y me tengo que controlar para no ir corriendo, pero aun así no me lleva mucho tiempo llegar a la biblioteca. Ju-long está en el área de servicios. "¡Fuiste rápida, Luzi!"

Por unos momentos nuestras manos se tocan mientras vamos uno al lado del otro hacia los ordenadores. En breve la información sobre vuelos sale de la impresora y puedo relajarme. Ahora sólo tengo que hacer las maletas, lo que me tomará sólo un par de minutos. Envío un email corto a Ling con la hora de mi llegada. Me quedaré en casa de Ling, pues sólo estaré ahí por un periodo corto. Ya ha hecho la mayor parte de las maletas, y está pasando casi todo el tiempo en la universidad con los preparativos de última hora. Ahora necesito hablar con Ju-long sobre nuestro futuro juntos, y nos sentamos con un libro en la sala de estudios.

"Debido a que mi padre es un hombre de negocios, y viaja mucho, toda la familia hemos ido con él a veces de viaje, en aquellos en que podía combinar su trabajo con unas vacaciones cortas con su familia. Tengo documentos que me permite viajar por casi todo el mundo. Así que pienso que podríamos empezar una vida juntos en China."

"También he estado pensando mucho sobre nuestra vida juntos, y a lo mejor puedo encontrar un trabajo en Londres, y tu podrías continuar tu trabajo y tus estudios en la universidad."

"Podría funcionar, Ju-long, pero tienes que tener un trabajo que te guste, y eso puede que no sea tan fácil de encontrar."

Estamos los dos muy entusiasmados con nuestros alocados planes, y la chica del mostrador tiene que recordarle a Ju-long que le toca parar para almorzar. Almorzamos en un pequeño café, y después voy a casa de mis abuelos dando un paseo.

No recuerdo mucho de lo que hice esta tarde, sólo que después de cenar me despedí de mis abuelos, deseándoles que todo les fuera bien y que he venido a la playa a encontrarme con Ju-long. Tengo sentimientos muy contradictorios, no sobre Ju-long, sino sobre la situación en sí, y me despido de él a la entrada del hotel con una profunda sensación de no tener ganas de dejarlo.

Mi vuelo a Pekín sale a la mañana siguiente muy temprano. El viaje transcurre sin problemas, en un mar de pensamientos y sentimientos.

Pekín

Voy directamente al aeropuerto de la universidad donde habíamos acordado encontrarnos. Ling está ocupada instruyendo a los estudiantes que la acompañarán a la excavación. Es firme, pero al mismo tiempo, no les habla a sus estudiantes con superioridad, y parece que ellos le tienen un genuino respeto.

Ling es alta, delgada y con gafas, va vestida como si no le importara ni lo que lleva puesto, ni su aspecto en general. Es amable, pero a veces es distante.

No tenemos mucho tiempo, pues Ling se marcha en dos días, así que ahora que les ha dado a sus alumnos un descanso para tomar el té de la tarde, estamos sentadas en la cafetería tomando también té y galletas. Ling coge su cuaderno de notas y un lápiz y dibuja dos caracteres chinos. "Es interesante que me preguntes a MI sobre elfos y esas cosas. Mi nombre Ling, significa espíritu o alma, o campana o campanada."

灵 - espíritu, alma.

铃 - campana, campanada.

"Solía pensar en mi nombre como La Voz del Alma."

En mis emails a Ling le proporcioné una descripción de lo que sé de los Sidhe, y ahora me extiendo en ello. Espero que explicándolo con más palabras, su memoria sea motivada, ayudándola así a encontrar más claves.

Ling está sentada callada, concentrándose en la información que le voy proporcionando, buscando datos relevantes en su base de datos interna. Cuando termino, comienza otra vez a usar su cuaderno.

"Usamos estos caracteres, Xian, para elfos y criaturas similares. El símbolo ancestral o tradicional es así:

"Significa transcendente o inmortal. Si sólo miramos las dos partes, izquierda y derecha, tenemos una persona a la izquierda y "vuela como un pájaro" a la derecha. Puede que también reconozcas la parte que dice "espíritu" en los dos símbolos arriba a la derecha.

亻 - Levantar vuelo, persona.

罨 - Vuela como un pájaro.

"Otros significados pueden ser: persona iluminada, cristiano y Cristo. El símbolo simplificado es:

*"De nuevo la persona está a la izquierda, pero ahora
tiene tres cumbres de montañas a la derecha- la montaña humana."*

¿Es esto una coincidencia, o es esto mi prueba de
que los Sidhe trabajan e influyen personas por todo
el planeta? Los Sidhe quieren ser vistos como de la
Tierra, y no como parte de los Cielos. No están más
ascendidos que los humanos, simplemente tienen
un camino diferente y una conexión diferente.

"Es interesante que se diga que los elfos, o como he
aprendido a llamarles, los Sidhe, vivan en colinas,
montículos o montañas; una montaña humana o
una persona de la montaña - una conexión con la
Tierra."

Ahora veo que Ling se vuelve otra vez a su base
de datos interna. Estoy segura de que puede decirme lo que sabe de modo general, pero es como
si quisiera cerciorarse de que todo lo que me dice
es verdad, toda la verdad (de su base de datos), y
sólo la verdad... que Dios la ayude. Sólo le toma un
segundo o dos y está de vuelta conmigo.

"Cuando escribí el nombre del símbolo, Xian, usé el sistema fonético Pinyin; pero si usara el sistema Wade-Giles, sería "hsien", que se parece un poco más con la forma de escribir irlandesa, Sidhe; sólo una idea."

"No he pensado en las similitudes en la pronunciación porque ambas palabras vienen de mundos diferentes, por así decirlo, ¡pero llevas razón completamente!"

Terminoligía española		Terminología china	
Ancestro común (semilla estelar)	Humano	共同的祖先 (星种子)	人类
	Sidhe		仙 (Xian)
Gaia (Semilla terrestre)	Sidhe Hada influida	盖亚 (地球种子)	影响的仙精灵
	Faerie (the Hadas (los Gigantes + las Personas Diminutas)		精灵 (巨人 + 小矮人)
	Hadas inferiores (espíritu puro de la naturaleza)		小精灵 (纯自然精神)
	Elemental (espíritu de la naturaleza sin consciencia propia)		元素 (无自我意识的自然精神)

Como ya me di cuenta, es difícil hacer las correspondencias. Por la noche en casa de Ling, se le ocurre una idea.

"Estás visitando viejos amigos de la escuela. Yo todavía mantengo alguna relación con Josephine Wen; vive en Shanghai. Trabaja en una editorial, y también a veces realiza trabajo intensivo en textos antiguos. Puede que sea buena idea hacerle una visita, o por lo menos preguntarle por email."

"Si tienes su número de teléfono, le enviaré un mensaje para saber cuándo tiene tiempo para hablar."

Añado otro nombre más a mi agenda y comienzo a escribir un mensaje corto y, espero, que comprensible a Josephine.

Por la noche Josephine me llama. "Tienes realmente que visitarme, ahora que estás en China. ¿Te acuerdas de mi abuela? También está aquí, y estará encantada de verte otra vez."

Después de hablar un poco más con Josephine, me preparo para otro vuelo, esta vez para Shanghái.

Dos días más tarde dejo Pekín. Ling y sus estudiantes también se marchan el mismo día que yo. No viajamos en el mismo avión, pues van en dirección al oeste, a Xinjian, pero me llevan al aeropuerto en su autobús. En el aeropuerto nos despedimos por última vez y prometemos estar en contacto.

Shanghái

Llego a Shanghái al aeropuerto de Hongqiao y cojo un taxi a mi hotel. Por la noche me encontraré con Josephine y su marido, Ping, a las puertas del zoológico donde trabaja a media jornada como parte de su MSc en Ciencias Veterinarias.

Josephine es de padres chinos económicamente acomodados, pero fue a la misma escuela inglesa primaria que yo. Sus padres consideraron que era necesario que ella se relacionara socialmente con otros niños, incluso cuando podían fácilmente permitirse una profesora privada.

A las seis de la tarde llego al zoo de Shanghái y encuentro un sitio agradable junto a la puerta de los elefantes, que lleva adentro del zoo. La puerta consiste en dos elefantes que hacen un arco con sus trompas.

Poco después, Josephine baja de su bicicleta y se acerca a mí. Obviamente no está segura de si soy yo, pero yo la reconozca claramente, pues no ha cambiado mucho desde que nos conocimos en la escuela. Básicamente por su cara, que aún es redonda como la de una niña. La cara es bonita; no es alta y está un poco llena. Su pelo negro está corto, y lleva una horquilla con flores. Viste un jersey rojo, pantalones vaqueros estrechos y tenis rojos.

"Hola Josephine."

"Hola Luzi. No estaba segura de si eras tú."

"Soy yo, sin duda."

"Bienvenida a Shanghái, la joya de la corona de China".

"Siento tener que decirlo, pero me siento más en casa en Hong Kong, especialmente en la isla. Los contrastes aquí me están asustando."

"Yo me he acostumbrado a ello, o a lo mejor sólo he aprendido a desconectarme de algunos de los sentimientos. Espero que Ping salga pronto, ¡estoy hambrienta!"

"Comí algo en el avión, pero de eso hace horas, también podría comer algo ahora."

"¡Ah, aquí viene!"

Saluda con la mano a un hombre que sale de entre unos árboles. Él le devuelve el saludo sonriendo. Mis preconceptos me habían hecho imaginarlo joven, apuesto, y con un cuerpo elegante, pero eso no describiría a Ping. Es llenito, con pelo negro un poco demasiado largo que no consigue esconder su cara común. Parece amigable, incluso alegre, e incapaz de matar una mosca. Josephine no tendría nada que temer de él, y puede que esta sea una de las razones por las que lo haya elegido como su marido. No juzgo su elección; nuestro pasado nos da a todos razones diferentes para elegir lo que elegimos más tarde en la vida. Ping lleva una chaqueta corta parda sobre una camiseta negra, y también pantalones negros y tenis. Cuando alcanza a Josephine, le da un beso rápido y se vuelve a mí.

"Debes de ser Luzi, bienvenida."

"Hola Ping; ¿cómo va el trabajo?"

"Bueno, es sucio y huele mal la mayor parte del tiempo, pero estar con los animales hace que merezca la pena. Vayamos a cenar, ¡podría comerme un caballo!"

Josephine mira al cielo. "Siempre estás con un hambre de caballo. Vayamos a Delicious mismo; está cerca y la comida ES bastante buena. Tenemos que cruzar a la derecha."

Mientras caminamos al restaurante hay demasiado ruido para hablar sobre la verdadera razón por la cual estoy en Shanghái, así que hablamos de cosas sin importancia. El ruido se calma un poco cuando entramos y, después de pedir la comida y la bebida, puedo explicar mi historia más detalladamente. Ping no muestra mucho interés en el tema, y se entretiene concentrándose en la comida. Le muestro a Josephine los símbolos que descubrí con Ling, y hablamos sobre creencias y las formas antiguas de percibir el mundo.

Después de cenar salimos. De camino a la estación planeamos en encontrarnos al día siguiente durante la hora del almuerzo de Josephine. Mientras, ella investigará la "persona sagrada" para ver si existe alguna relación con los Sidhe.

Ahora estoy de vuelta a mi habitación de hotel, y llamo a Ju-long sólo para oír su voz. Le hecho terriblemente de menos.

"Hola cariño, estoy en la habitación de mi hotel en Shanghái, después de haber estado con Josephine y su marido, Ping, y de haber cenado con ellos."

"Me alegro de oír tu voz de nuevo, dulce Luzi. ¡Te hecho tanto de menos!"

"Y yo a ti."

"¿Qué cosas nuevas averiguaste hoy?"

"Bueno, no mucho, pero voy a ver a Josephine mañana durante la hora de su almuerzo. Probablemente entonces tendrá algo para mí, si consigue encontrar tiempo durante su trabajo."

"¿Supongo que no sabrás cuando vuelves a Hong Kong?"

"No Ju-long, pero no quiero quedarme aquí más de lo necesario. Shanghái es muy diferente de Hong Kong, y los sitios que he visto hasta ahora aquí no me animan a quedarme a vivir. Puede que haya sitios bonitos, pero aún no los he visto."

Hablamos un poco más, pero pronto nos quedamos sin nada que decir excepto que nos echamos de menos y nos despedimos.

Esta noche no estoy de humor para escribir, de hecho, no estoy de humor para nada. Siento que debería hacer ALGO, pero la verdad es que no consigo concentrarme, así que termino mirando al techo sin ser capaz de concentrarme en la superficie blanca y uniforme. Poco después me quedo dormida.

A la mañana siguiente después de ducharme y desayunar, me siento con mucha más energía y soy capaz de escribir bastante. Más tarde, de camino a mi encuentro con Josephine en la editorial, compro algo de fruta para comer a media mañana. Llego al trabajo de Josephine poco antes de la hora de su almuerzo. Camino al mostrador y digo que estoy esperando a Josephine Ruan. Mientras espero en la zona de la recepción, me siento, contemplando la vida en la calle. Las ventanas grandes me proporcionan una buena vista y aquí, a la hora del almuerzo, hay muchas personas andando en ambas direcciones a los dos lados del pavimento. No hay comerciantes ambulantes en esta zona, así que las personas se entretienen en los restaurantes y cafeterías que están en medio de las tiendas, los talleres y oficinas de todo tipo. Poco después, Josephine llega a la recepción y vamos para un restaurante donde normalmente almuerza. En el restaurante, después de haber pedido nuestros platos, y haber encontrado dos asientos, Josephine saca su cuaderno del bolso.

"En mi búsqueda de conexiones a los Sidhe, he encontrado algo que te puede interesar. El símbolo para el dragón es "Long", y la forma simplificada es como sigue:

"Si no usas o trabajas con símbolos, no te dirá mucho. Es más fácil cuando miras el símbolo tradicional:

Aquí es más fácil ver que a la izquierda tienes una persona. El punto encima del símbolo nos muestra que es una persona alta; podría incluso ser divina. A la derecha se puede ver el dragón, la cabeza encima y la cola que se curva debajo."

Al igual que el símbolo para los Sidhe, este es un símbolo doble con una "persona sagrada", el del dragón también lo es.

"Es interesante ver que el dragón no tiene un símbolo propio, por así decirlo, pero tiene al lado un ser superior."

Josephine, quien se siente atraída por dragones, se ha entusiasmado con esta idea.

"Sí, el símbolo doble puede mostrar que el dragón no es importante por sí mismo, o que el dragón es más que sólo la bestia."

Por mi parte, estoy un poco confundida de que esta criatura aparezca en escena.

"No parece importante introducir a los dragones en esta investigación. El dragón es un ser mitológico, que no encaja con los elfos y demás seres del folclore irlandés."

"Puede que los dragones no formen parte de la tradición irlandesa, pero eso no quiere decir que los dragones y los elfos no aparezcan juntos en China, debido su la larga historia de adoración."

"Tienes razón Josephine. En vez de eso a lo mejor buscaré una relación entre los Sidhe y las serpientes. Seguiré este hilo con lo que tengo recopilado en inglés."

"Y yo investigaré más en la dirección de los Sidhe/ elfos y te contactaré más tarde."

Hablamos un poco más antes de que Josephine tenga que volver a trabajar. Paso el resto del día visitando Shanghái, y encuentro muchos sitios bonitos en esta enorme ciudad. Cuando vuelvo al hotel para preparar mi vuelta a Hong Kong, Josephine me envía un mensaje de texto diciendo que ha encontrado algo muy interesante, y me pide que vaya a verla mañana a casa de su abuela. Acordamos en vernos en la editorial después del trabajo, y coger el metro a casa de su abuela.

De camino a la editorial no tengo muchas esperanzas. En el área de la recepción de la editorial, Josephine me enseña su último descubrimiento.

"Encontré este símbolo en la antigua escritura de Sellos. El dragón se parece mucho al del símbolo tradicional, ¡pero mira la persona!"

"A la izquierda, veo claramente una persona con un halo encima de la cabeza y, a la derecha, tenemos el dragón. ¿Tiene esto algo que ver con San Jorge y el dragón? Si fuera así, entonces esa historia adquiere un significado totalmente diferente. ¡La persona incluso tiene brazos, y parece una mujer con un vestido largo! ¿Puede esto demostrar la conexión entre los Sidhe y los dragones? ¿O el humano divino está ahí para decirnos que los dragones son seres con alma y consciencia, y no bestias?"

"Normalmente se piensa que es el dragón quien le da su fuerza al humano, pero podría ser al contrario, es decir, que es la consciencia quien encarna en el dragón."

Aquí puedes ver la lista de comparación con el dragón añadido:

Terminología española		Terminología china	
Ancestro común (semilla estelar)	Humano	共同的祖先 (星种子)	人类
	Sidhe		仙 (Xian)
Gaia (semilla terrestre)	Sidhe Hada influida	盖亚 (地球种子)	影响的仙精灵
	Dragón, Gaia + Sidhe		龙，盖亚 + 仙
	Hadas (los Gigantes + (Personas Diminutas)		精灵 (巨人 + 小矮人)
	Hadas inferiores (espíritu puro de la naturaleza)		小精灵 (纯自然精神)
	Elemental (espíritu sin consciencia propia)		元素 (无自我意识的自然精神)

Llegamos al edificio donde vive la abuela de Josephine. Por el camino me ha contado que su abuelo murió hace unos años.

Un Gato Llamado Dragón

"¿Cuál es el nombre de tu abuela?"

"Es Ling, como el de Ling en Beijing, que quiere decir ser espiritual. Su apellido es Bai, que significa blanco."

"Hmm, entonces voy a visitar un ser espiritual blanco."

Josephine toca el timbre de la puerta, y oímos pisadas silenciosas en el apartamento. El pomo de la puerta se mueve y la puerta se abre. Una pequeña señora de edad está de pie bajo la suave luz de una lámpara de papel de arroz que está sobre su cabeza. Me huele a comida -curry, aceite de cocina y... bizcocho.

"Hola abuela;" Josephine le da un cálido abrazo.

"Hola querida; y tú debes de ser Luzi, bienvenida."

"Hola". La abrazo con delicadeza, con miedo a dañar su frágil cuerpo.

"Entrad, entrad, queridas niñas. Voy a preparar té para nosotras. Josephine, cariño, pon la mesa, y hay bizcocho en esa caja."

"Dime dónde está la vajilla, tú puedes encargarte del bizcocho," le digo a Josephine.

"Oh, la vajilla está ahí, se puede ver a través de las puertas de cristal de ese armario."

Cuando me dirijo hacia la vajilla, veo un gato de pelo largo y blanco tumbado en un pequeño sofá viejo, mirándome fijamente con sus ojos azules. Tiene una mirada muy intensa, y no puedo apartar mis ojos de sus ojos azul claro que casi me succionan hacia adentro del alma de esta pequeña criatura.

"Este es Loong; quiere decir dragón," me dice la Sra. Bai.

"Bueno, desde luego no me parece un dragón muy feroz, ¡es tan gracioso y peludo! Tiene una mirada muy intensa. Es un macho, ¿no?"

"Es un macho, como bien te dijo tu intuición. ¡Así que piensas que los dragones tienen escamas y alas, ponen huevos y escupen fuego! Los verdaderos dragones se parecen tanto a los gatos que normalmente no puedes distinguirlos. Hasta ronronean como los gatos."

"Bueno, desde luego Loong parece un gato, excepto a lo mejor por los ojos azules."

"Loong puede ser tanto feroz como delicado; tanto masculino como femenino. ¡No olvides que la energía femenina puede ser increíblemente poderosa también!" Apunta a mí con un dedo delgado, después moviendo su dedo apuntando a los cajones de debajo de las puertas de cristal, continúa: "Encontrarás las cucharas ahí dentro, y el cuchillo de paleta también está ahí."

Decido no ir a hablar con Loong por el momento. Le daré algún tiempo para que se acostumbre a mi presencia. Nos sentamos a una pequeña mesa redonda con un mantel con motivos tradicionales chinos, parecidos a las pinturas de mi madre.

La Sra. Bai sirve el té, y Josephine me alcanza el plato con tres trozos de bizcocho chino humeante.

"Loong es un gato increíble. Observa todo lo que pasa a su alrededor, y estoy convencida de que entiende todo lo que se le dice. Es muy delicado, y le encanta jugar, aunque ahora parezca un tanto flojo. No puedo evitar quererlo."

La Sra. Bai coge el último pedazo de bizcocho del plato.

"Desde que mi marido murió, Loong ha sido el verdadero compañero de mi vida. He aprendido a saber lo que dice, aunque lo haga sin palabras. También he aprendido a confiar en que lo que siento que él me dice es en realidad lo que dice. Seguro que piensas que sólo soy una vieja, y llevas razón."

Siento ahora un impulso fuerte de contarle los sueños que he tenido con respecto a los Sidhe. Tanto Josephine como la Sra. Bai escuchan atentamente, y de repente siento a Loong rozándose contra mis piernas. Acerco mi mano a él y roza su nariz contra ella; su mensaje es, "eres dulcemente amada." Me emociono mucho y se me saltan las lágrimas.

La Sra. Bai mira a Loong. "Sí, es realmente encantador, y te quiere."

Josephine me mira, sin saber lo que decirme.

La Sra. Bai me mira directamente a los ojos. "Ciertamente aquí está pasando algo. Te sugiero que te tumbes un rato en el sofá. No es algo en que tu mente necesite estar envuelta."

De repente me siento extenuada, y me dirijo al sofá y me echo un poco. Cierro mis ojos, y pasados unos instantes los abro de nuevo, me doy cuenta de que estoy en Elvendale. Me siento y contemplo la ciudad de Elvendale que está al otro lado del lago sobre un montículo de tierra con hierba. Esta vez soy consciente de tener un cuerpo, un cuerpo élfico, y llevo puesto un bonito vestido largo de color celeste, ligero como la brisa cálida que lo agita dando lugar a formas que cambian incesantemente, haciéndolo parecer casi como humo azul o llamas. Oigo un ronroneo sutil a mi derecha, y giro primero mi cabeza y después el resto de mi cuerpo. Me encuentro mirando fijamente a un dragón blanco sentando en la alta hierba junto a mí. Su pelo suave se agita con la brisa cálida. Sé con certeza que es Loong. Me pongo de pie y me acerco a él.

"Querido Loong."

"Querida Lucía."

"¿Así que ERES un dragón?"

"Bueno, soy un alma, una consciencia, como tú. Ahora mismo, tengo la apariencia que las personas piensan que un dragón debe tener. Bueno, exceptuando quizás por el pelo en vez de las escamas. Las personas no pueden tener los dragones de su folclore andando por la calle, así que habitualmente elegimos la forma de un gato. Los gatos son conocidos por ser individualistas y, al mismo tiempo, deseosos de interactuar de forma íntima. Esto implica que podemos mantener la distancia cuando nos conviene, y ser afectivos cuando es necesario. Además, podemos pasar toda la noche afuera haciendo nuestras cosas."

"¿Y cuáles son vuestras cosas?"

"Es tan difícil de explicar en términos humanos como para un ser humano de entender, pero lo intentaré porque va a formar parte de tu trabajo."

Sólo ahora me doy cuenta de que Loong no ha movido la boca mientras estaba hablando, y he estado todo el tiempo mirándole a los ojos. "Intentaré entenderte lo mejor que pueda."

"Como oíste antes, los Sidhe y los seres humanos están ahora compartiendo experiencias, con el objetivo de crear un futuro común; un futuro donde lo físico y lo no físico estén unidos en una sola realidad, o, mejor dicho, estarán viviendo en más de una realidad al mismo tiempo. Por ahora, sólo hay algunas pocas conexiones entre nuestra gente, pero cuantas más personas se abran a la posibilidad de un mundo no físico, y los Sidhe encuentren el valor de abrazar el siguiente paso que consiste en ganar experiencia en el mundo físico, más energía y consciencia fluirá a través de ambas dimensiones. Este flujo dará aún más vida al proceso."

"¿Cuál sería mi labor para ayudar en esta reunificación?"

"Nos encontraremos más veces, así adquirirás este

conocimiento despacio; pero te diré que, como Josephine también te ha dicho, como ser humano tienes más fácil acceso a la consciencia humana que los Sidhe, así que serías un puente entre las dos dimensiones. Por ahora, volvamos a enfocarnos en la Sra. Bai y Josephine."

"Primero quiero darte un abrazo grande. ¡Será la primera vez que abrazo un dragón!"

Pongo mis brazos alrededor de su fuerte cuello, mi mejilla contra la suya, y entierro mis manos en su suave y largo pelo blanco. Ahora su amor me inunda, y me siento sobrecogida la gratitud y el honor que emanan de esta gran alma.

El cambio es muy rápido y con sólo abrir los ojos me encuentro mirando directamente a los ojos azules de Loong, en la forma de gato que adopta actualmente. La Sra. Bai y Josephine están sentadas cerca, y la Sra. Bai me sonríe delicadamente al girar mi cabeza hacia ellas y erguirme en el sofá. Josephine va a buscarme un vaso de agua, y les cuento mi experiencia con Loong.

"¡Así que Loong es un dragón!" dice Josephine, mirando intensamente a Loong.

"Claro que es un dragón, cariño; ¡por eso se llama Loong!"

"Bueno abuela, no sería el primer gato con eso nombre, ¿no? Mañana buscaré en los manuscritos para ver si hay alguna relación entre gatos y dragones."

"Me marcho para Hong Kong mañana por la tarde, así que espero que seas capaz de encontrar algo para mí antes de irme. La situación ha tomado un rumbo nuevo."

"Empezaré a buscar mañana a la primera oportunidad que tenga. TIENE que haber algo en las escrituras antiguas que puedas usar."

Permanecemos conversando un rato más, pero me siento extenuada y quiero volver al hotel. Nuestros caminos se separan en la estación de metro. Mientras vagabundeo por Shanghái, Josephine me envía un mensaje de texto.

"He encontrado algo que tienes que ver. No quiero estropearlo contándotelo ahora."

Respondo que estaré en breve en la editorial. Cuando llego al mostrador la chica llama a Josephine, y ella aparece con una fotocopia para mí.

"Hola Luzi. En las escrituras del Oráculo de Huesos he encontrado el símbolo que representa al dragón. ¡Sólo hay un símbolo!"

Cojo la fotocopia y la miro, estoy muy sorprendida del símbolo que tengo delante.

"Parece un gato, ¡¿o no?!"

Estoy mirando fijamente a un gato sentado con orejas puntiagudas, su cola curvada hacia delante, mirándome con grandes ojos.

"Bueno, a mí no me parece en absoluto un dragón. Me pregunto por qué."

"Igual que en las escrituras latinas pueden aparecer palabras escritas de formas muy diferentes, esto también puede ocurrir con los símbolos. Este se parece mucho a un gato."

Con esta última pieza del rompecabezas, me despido de Josephine, recojo mi maleta de la taquilla del metro y cojo el tren al aeropuerto. Por fin estoy de camino a Hong Kong, hacia la casa de mis abuelos, y lo que no es menos importante, hacia Ju-long, mi dragón privado.

Preguntas para Loong

Sentada cómodamente en el avión me adormezco poco después de que el avión haya alcanzado la altitud necesaria para volar.

Veo una niebla amarronada que se transforma en una miríada de colores, que a su vez se transforma en Elvendale; Loong está sentado cerca, en la línea de árboles que separa la pradera del bosque que está más allá de ella. Floto en vez de andar hacia él, y me recibe con una cálida sensación de amor.

"¿Por qué nos encontramos siempre cuando estoy dormida?"

"Bien, podemos encontrarnos en cualquier momento, pero por ahora, eres nueva en esto de dividir tu consciencia para poder ser consciente de múltiples escenarios al mismo tiempo. El próximo paso será una especie de ensoñación despierta, donde serás consciente de lo que te rodea físicamente al mismo tiempo de ser consciente de estar aquí."

"¿Qué tengo que hacer para obtener esa habilidad?"

"Nada cariño; ocurrirá naturalmente."

Loong se vuelve sobre un lado.

"¿Por qué no me rascas la barriga un poco? Me gustaría mucho."

Me quedo un poco sorprendida; pensé que Loong

era más maduro.

"Uno nunca se vuelve demasiado viejo para que le rasquen la barriga, y además, vuelve la energía más juguetona y menos mental."

Lleva razón y, cuando empiezo a rascarle la barriguita a través de su pelo suave, puedo sentir claramente como comparte su carácter juguetón y su alegría conmigo.

"No sabía que a los gatos les gustaban que les rascaran la barriga."

"Si se sienten seguros y confían en la persona, lo disfrutan mucho."

Estos instantes de juegos me sacan de mi estado mental, y me sumerge en la felicidad de compartir un momento maravilloso más allá del tiempo.

Después de esta experiencia, Loong empieza a contarme sobre mi trabajo recopilando datos para mi libro.

"Hay muchos niveles, facetas y confusión en la información que estás recopilando. Parte de esta información procede de una perspectiva muy limitada. Si fuera presentado como la verdad, no sería realmente cierto comparado con una perspectiva mayor. Por ejemplo, toma la creencia de que hablamos antes, de que los dragones escupen fuego. Para empezar, no es fuego sino energía, por así decirlo; extractos de ideas y pensamientos. Segundo, los dragones no existen realmente; sólo son una expresión de la consciencia, concebida por una mente tridimensional, en parte derivada de memorias antiguas."

"Has estado siguiendo mi viaje. Así que, dime por qué el símbolo del dragón en la antigua Escritura del Oráculo de los Huesos se parece tanto a un gato."

"Las personas altamente entrenadas que sabían escribir fueron también las que sabían sobre otras dimensiones y fueron capaces de darse cuenta, o sentir el alma del dragón en los gatos. Parece que debería haber sido al contrario, que los símbolos del gato deberían haberse parecido al dragón, pero como en realidad no existen dragones, el gato era lo que mejor nos representaba en la realidad tridimensional."

"Tú tampoco eres un gato, según me has dicho, sino consciencia, un alma."

"Al contrario de los gatos, los dragones nacen al descender de dimensiones superiores. Como cualquier alma, la del dragón es consciencia pura, y la consciencia es la fuerza creadora de toda la creación. Cuando un alma desciende a la vida humana, se conecta con un cuerpo en la Tierra que ya está en proceso de formación a partir de dos células. Pero un alma que desciende a la vida de un dragón, crea su futuro cuerpo en un plano no físico, y desciende la vibración de su cuerpo hasta que aparece en el plano físico. Es necesaria mucha habilidad y entrenamiento para mantener un cuerpo físico de esta forma, pero la ventaja es que el cuerpo es "limpio". Como alternativa puede residir en un cuerpo de gato. Si este gato ya tiene un alma, tiene que haber un acuerdo. Este tipo de gato generalmente tendrá restos kármicos de otras vidas, y por lo tanto, no estará "limpio".

"Antiguamente, en la época de los dinosaurios, cuando las almas estaban practicando la encarnación, los dragones tenían el aspecto de dinosaurios con plumas. La leyenda moderna del aspecto de los dragones es el resultado de los descubrimientos de huesos de dinosaurios en China, y, si lo vemos como una memoria kármica, la leyenda es verdad. Nadie CREE en dragones hoy en día, pero algunas personas SABEN que existen. No hablo de su aspecto sino de su propósito. Los dragones no son animales. Los animales están al servicio de la humanidad, evolucionan siguiendo sus propias líneas y son creados a través del planeta. Los animales que trabajan con energías similares a las de los dragones son los caballos, los ciervos y el ganado. No todos, sólo algunos de ellos. La energía con la que trabajan estos animales podemos describirla como energía materna, una energía de sustento."

"Sé que algunos dinosaurios tenían alas, pero un dragón pesado con alas no parece real, así que, ¿por qué tenían alas?"

"Las alas del dragón sólo son un símbolo de que el dragón es espíritu. No tienen nada que ver con volar. Las alas de los dragones nacen de la misma forma que las de los ángeles, y que el halo de los santos sobre sus cabezas. El dragón aparece como un animal rodeado de luz, mientras que un ángel aparece como una persona rodeada de luz. Cuando los dragones y los ángeles se presentan a las personas en sus cuerpos de luz, tomando la misma forma que un animal o una persona, la parte externa de su cuerpo de luz puede parecer alas, porque está formado de dos halos de luz elípticas detrás de una central y más densa. Algunas almas humanas tienen un cuerpo de luz muy condensado con un solo halo elíptico de luz, por lo tanto, sólo una pequeña parte de la luz puede ser vista sobre sus cabezas, pudiéndose percibir como el halo de los santos. La parte inferior de estos halos desciende dentro de la tierra."

"¿Qué me puedes decir de los dragones que escupen fuego?"

"El hecho de que escupan fuego quiere decir que son comunicadores poderosos. El fuego es un chorro de energía de comunicación saliendo de la parte frontal del cuello, no de la boca."

"¿Y las escamas? Tú tienes pelo, y sin embargo has hablado de dinosaurios con plumas."

"Yo soy consciencia, por lo tanto, no tengo pelo, pero sé a qué te refieres. Algunas veces los dragones son representados como serpientes con escamas y dos piernas frontales. Las escamas pueden servir como protección, pero son una desventaja para su agilidad. El dicho de que los gatos tienen nueve vidas viene de los dragones. Los dragones reencarnan recordando totalmente sus vidas pasadas, pero no están limitados a nueve vidas en la Tierra, obviamente; ni tampoco los humanos lo están, ya de camino."

"¿Te gustaría tomar algo?"

Abro los ojos y veo a la azafata, que me está sonriendo.

"Disculpa, sí; agua natural, por favor."

"Toma mucha," oigo la voz de Loong en la distancia. "El agua es multidimensional, ayudará a armonizarte mientras estás en diferentes planos al mismo tiempo."

"Una botella grande, por favor."

Cojo la botella y un vaso de plástico. Vuelvo a oír la voz de Loong.

"¿Nunca has experimentado estar protegida de la lluvia y aun así sentir una gota sobre tu piel?"

"¡Bien, de hecho, sí! Sólo que pensé que era mi imaginación. ¿Como puede pasar eso?"

"Parte de la lluvia pasa de una dimensión a la otra, por lo tanto, la gota que sentiste ha cambiado de plano mientras caía. No ha traspasado lo que te mantenía protegida, sino que simplemente apareció sobre tu piel al cambiar a la realidad terrestre."

Bebo la mitad del agua y me siento refrescada y afianzada en mi cuerpo.

"Puedo oírte, pero no puedo verte, ¿por qué?"

"El córtex visual es muy poderoso y te conecta con tu realidad física. Tienes que tener en cuenta que

cuando nos encontramos EXPANDES desde tu realidad a la mía; no te MUEVES, ni concentras tus
pensamientos en mí. Tiene que ser un acto simple,
una elección, sino sería un acto mental y tu mente
no es capaz de viajar fuera de su ambiente, que es
la tercera dimensión. Ahora cierra los ojos y desco-
necta de todo; pensamientos y sentimientos inclui-
dos."

Dragones y Caballeros

Cierro los ojos e inhalo profundamente, y lentamente el ruido del avión desvanece. Ahora puedo ver la luz del sol a través de mis pestañas. Abro mis ojos imaginarios, y estoy de vuelta con Loong en Elvendale. Loong cambia de tema y me hace una pregunta.

"¿Cómo describirías un caballero - qué representa él o ella?"

"Bueno, debe ser puro de corazón, con un elevado sentido de la ética, compasivo, protector y defensor de los débiles, justo, piadoso, alguien que no juzga, honesto, cortés, leal, generoso, cumplidor de sus promesas, tener proeza, ser valiente, responsable, tener esperanza."

"Bien. Podríamos decir que la misión de los dragones y los Sidhe es sustentar estas virtudes en la consciencia humana. Pero, para esto, debemos tener una relación más estrecha, y es ahí donde tú y otros entráis. Estas virtudes son personales, es decir, que emanan de la persona, y son elecciones personales. Nosotros, los dragones y los Sidhe, vemos las virtudes de una forma un poco diferente, porque vemos su energía, y te los nombraré aquí de forma rápida:

"Puro de corazón: no dejarte llevar por emociones y acciones bajas que pueden ir contra otros.

"Elevado sentido de la ética: hacer lo correcto incluso en momentos de estrés, lo que también exige valor. Lo correcto son los principios humanos que están por encima de cualquier moral. Lo moral forma parte de las leyes culturales, e incluyen el castigo.

"Compasión: uno acepta las elecciones de los demás sabiendo que son sus elecciones, y les concede el espacio necesario para experimentarlos. Hay mucho más para explicar aquí, pero vamos a tener que dejarlo para otro momento.

"No juzgar: igual que compasión.

"Protector y defensor de los débiles: esto debe hacerse sin oponer fuerza, sino las energías se harán más fuertes. El acto de proteger se parece a cubrir a la otra persona con una capa protectora, y defender, es hablar o tomar acción de forma no ofensiva.

"Justicia: también ocurre sin oponer fuerza porque sino la energía sólo se fortificará.

"Piadoso: mostrar compasión y no ser vengativo.

Generoso: conceder "riquezas" y tiempo, es decir, tener paciencia. Aquí puedes añadir curar de forma gratuita, y también compasión.

"Honestidad: decir la verdad, y siempre de forma no ofensiva.

"Ser cortés/delicado: como compasión.

"Lealtad: ser leal a ti mismo y tener confianza en tus acciones hacia los demás.

"Cumplir tus promesas: esto es lo mismo que decir la verdad.

"Proeza: bendice tu cuerpo, y acéptalo como parte de ti. Haz ejercicio suave.

"Valor: demuestra coraje en TUS acciones y en tu vida. No tiene nada que ver con los demás.

"Responsabilidad: es igual que el sentido elevado de ética, de hacer lo correcto.

"Esperanza (y creer y confiar): una forma más pura y ligera de esta cualidad es el optimismo.

"Ser un ejemplo: ser un modelo para lo mejor que tiene el ser humano, al vivir tu máximo potencial. Enseña mostrando y no predicando. Enseñando con el ejemplo, podríamos decir.

"He añadido ser un ejemplo. La mayoría de estas virtudes humanas tienen la energía subyacente de la compasión, compasión tanto por uno mismo como por los demás. La compasión es uno de los muchos tipos de amor que existen, y hablaremos de esto más tarde. Los dragones también animan a las personas a ser imaginativas y curiosas, alegres, y a expresarse a través del arte. Puedes decir que combatimos la dejadez, la ignorancia, el caos y el desorden, pero no estamos peleándonos con nada, estamos deliberadamente haciendo lo contrario. Si combates estas cosas, tu oponente sólo arrojará más de estas cosas a la batalla."

"Loong; para mí los caballeros que combatieron en la Tierra Sagrada y en otros sitios, no me parecían muy compasivos, excepto por su misión."

"Muchos de los caballeros entendieron estas virtudes de forma distorsionada debido a la brutalidad de la consciencia humana del momento. Su deseo de hacer lo correcto fue canalizado en fuerza bruta. Sólo mira como los caballeros combatían y mataban por "la buena causa" del cristianismo. Tenían una consciencia bien diferente en aquella época, y más tarde los Templarios, sus familias y seguidores, fueron perseguidos y asesinados. La iglesia cristiana se estaba convirtiendo en un "gran negocio" de riqueza y poder, y los templarios no lo aceptaron, mantuvieron su visión original, que precedía incluso a los tiempos de Cristo. La consciencia cristalina comenzó a llegar en tiempos tan remotos como el año 630 a.c., para preparar la venida de Cristo. Esto no se refiere sólo a la figura de Jesús. Él sólo fue usado como el vehículo para traer la consciencia crística al plano material."

"¿Que puedes decirme sobre la leyenda de San Jorge y el Dragón? ¿Es la muerte de lo físico, la carne, para que el alma pueda ascender a una existencia puramente divina?"

"Al principio del cristianismo, te encuentras con el caballero matando a la serpiente o al dragón. Se da muerte a la ignorancia para crear espacio para una consciencia más elevada. Otra alegoría sería la Virgen María pisando el cuello de la serpiente. Muchos lo han interpretado de esta manera, pero el mensaje sigue siendo el mismo del que hemos estado hablando: el plano físico Y no físico. Por eso es que la Virgen María no mata a la serpiente. De

96

todas formas, en su representación, no se les representa como iguales."

Estoy sentada con Loong sobre la alta hierba disfrutando del momento, sintiendo nuestro entorno a muchos niveles diferentes. Miro el cielo y veo una forma en V formada por once cisnes volando alto por encima de nuestras cabezas.

"¿Crees que sería seguro si me llevaras a dar un vuelo corto?"

"Claro; puedes volar por ti misma, pero estaré encantado de llevarte en un viaje corto sobre la ciudad. ¡Móntame como si fuera un caballo y agárrate a mi pelo!"

Siento un poco de incertidumbre, pero decido confiar totalmente en Loong, y me siento detrás de la enorme cabeza del dragón.

"¡Estoy preparada!"

Comienza con cuidado, pero pronto estamos volando alto sobre el bosque. Loong se dirige a la ciudad y, cuando nos acercamos, veo algunos niños saludándonos desde el puente que accede a la ciudad.

"¡Soy una verdadera jinete de dragón!"

"Es verdad; ¡te has convertido en la Jinete del Dragón Blanco!"

Me despierto en el asiento del avión camino a Hong Kong, sintiendo una ligera turbulencia agitando el avión.

De vuelta en Hong Kong

Estoy de vuelta en Hong Kong, principalmente para encontrar una forma de estar con Ju-long. Me estoy alojando en el mismo hotel de antes, y ahora estoy en casa de mis abuelos. Es por la tarde; mi abuelo está dormitando en su sillón, y mi abuela y yo estamos sentadas a la pequeña mesa redonda del comedor.

"¿Has tenido éxito en Beijing y Shanghái, Luzi?"

"¡Sí, mucha! Y de una forma definitivamente inesperada."

"Bueno, entonces quiero oír lo que pasó."

"En Beijing visité a Ling en la universidad. Ella y algunos de sus estudiantes estaban a punto de partir para una excavación arqueológica. Por suerte tuvimos tiempo suficiente para encontrar algunas semejanzas entre los Sidhe de Europa y los Xian de aquí. Fue Josephine en Shanghái quien relacionó a los Sidhe con los dragones, más concretamente, los Sidhe y el espíritu del alma del dragón, que se encarna principalmente como un gato."

Enseño los símbolos a mi abuela, pero le resulta difícil enfocarse en el tema.

"Es fascinante, pero cuéntame cómo es la vida en Beijing y Shanghái, Luzi, cariño. Podemos preparar la cena mientras me cuentas."

Mientras cocinamos, le cuento un poco sobre lo que

he visto en mis viajes. Ju-long me envía un mensaje y sugiere que nos encontremos en la playa como la última vez, y yo por supuesto acepto. Me estoy muriendo por verlo otra vez.

Tonta de mí; me he pasado treinta minutos decidiendo que ponerme, como si a Ju-long le fuera a importar. Mientras que lo que lleve quede conjuntado, quedará bien. Termino por ponerme un vestido que me llega por encima de las rodillas, sin mangas, de color blanco natural con un estampado predominantemente azul. Elijo zapatos blancos con un poco de tacón; no demasiado altos porque soy alta hasta sin tacones.

Tengo tiempo de sobra, pero al final salgo del hotel con el tiempo justo para encontrarme con Ju-long en los escalones que bajan a la playa.

Ju-long lleva tenis blancos, vaqueros azules y una camiseta cuyos colores hacen conjunto con mi vestido. Interesante.

"Estás adorable, Luzi."

Sonrío, pero antes de poder decir nada, nos besamos... Me quedo sin respiración, y no recupero el habla hasta que Ju-long me toma de la mano y comenzamos a descender los escalones estrechos en una posición un tanto extraña.

"Es maravilloso estar contigo otra vez, y tengo que decirlo, estás muy atractivo."

"Gracias, Luzi."

Llegamos a la playa pedregosa y comenzamos a pasear por la orilla cogidos de la mano. Ju-long parece vehemente y entusiasmado al mismo tiempo.

"Hay algunas cosas prácticas que debo resolver, pero quiero trasladarme a Londres cuanto antes para que podamos estar juntos."

"Por lo menos tienes que terminar tus cursos antes de pedir un visado y permiso de trabajo. Creo que una beca y una admisión te darían la mejor oportunidad de conseguir permiso para quedarte en el Reino Unido."

"Por suerte el último curso de base de datos termina el mes que viene, por lo tanto, obtendré pronto el certificado."

Hablamos un poco más sobre los detalles, estamos ambos muy entusiasmados con la idea de Ju-long trasladarse a Londres y de estar juntos. Ju-long me acompaña de vuelta al hotel y nos quedamos ahí delante del hotel besándonos durante bastante tiempo; ninguno de los dos queremos irnos. Algunos de los clientes del hotel salen rompiendo así la magia, así que nos despedimos.

Estoy muy entusiasmada cuando llego a mi habitación y no consigo calmarme, ni siquiera después de ducharme.

Al mismo tiempo me siento descansada al saber que tenemos la idea general de nuestro futuro clara. Después de haber hablado con Ju-long, creo que ya puedo volver a Londres y continuar mi rutina diaria y seguir con mi libro.

A la mañana siguiente Ju-long me llama para encontrarnos en la cafetería que está enfrente de la biblioteca. Llego a las nueve y lo encuentro esperándome. Tiene mal aspecto, parece estar en shock, y probablemente no durmió mucho anoche. Nos sentamos afuera.

"No sé cómo voy a dejar a mi madre y a mis abuelos. Ayer por la noche, después de verte, me quedé ahí sentado mirando a los tres. Me pareció obvio que mis abuelos se están volviendo viejos y no son capaces de cuidar de sí mismos, y mi madre está delicada, y no es capaz de cuidar de ellos por sí sola, ni económica ni personalmente."

"Me gustaría conocer a tu familia; no es que dude de tu opinión sobre ellos ni de tu decisión, sino porque forman parte de ti."

"Preferiría presentarte como mi excompañera de colegio con la que me encontré en la biblioteca. No quiero que de ninguna manera se sientan culpables."

Ju-long tiene que volver al trabajo, y comienzo a pasear despacio por la zona, sintiéndome mareada y bastante fuera de mí. Mi alrededor parece desenfocado, y los sonidos me llegan como a través de una almohada. Mis sentidos están atontados. Me doy cuenta de que ir a visitar a mis abuelos hoy no es una buena idea, así que les llamo y hablo con mi abuela por teléfono, y le digo que no me siento bien y que me voy a ir a acostar temprano.

Después de cenar algo de fruta, me encuentro con Ju-long afuera de la entrada del edificio donde vive con su familia. Nos damos un beso rápido y subimos al apartamento. Ju-long entra primero y después me presenta a sus abuelos y a su madre. Su madre es ahora una mujer débil, sin la fuerza que tenía en el pasado cuando Ju-long y yo éramos pequeños. Su nombre es Ting. Recuerdo a sus abuelos, siempre sonrientes y amables, pero ahora las sonrisas se han desvanecido excepto durante el momento de ser presentados. Los conozco sólo por Sr. y Sra. Lin.

Estoy de pie, en una entrada pequeña iluminada por una bombilla soñolienta, que proyecta su luz amarilla por todos lados, dándole a todo el mismo color amarillento. En la entrada hay dos puertas que dan al cuarto de baño y al dormitorio. Justo en frente puedo ver la sala de estar. La sensación de este sitio es muy diferente a la de la casa de mis abuelos. La energía es pesada, y puedo sentir una especie de tristeza y desesperanza. Entramos en la sala de estar y aquí siento la necesidad de aire fresco.

"¿Podrías por favor abrir un poco la ventana? No me siento muy bien, Ju-long."

"Sí, claro; aunque tenemos que tener cuidado para que nadie esté en medio de una corriente de aire, Luzi."

¿Sobreprotector? Un poco de aire fresco nos haría bien a todos.

La cocina forma parte de la sala de estar, y al final de la sala hay una puerta que supongo debe ser otro dormitorio.

"¡Este es mi rincón!"

Ju-long apunta al rincón lejano al lado de la puerta del dormitorio. Hay una mesa pequeña y una taquilla con sus cosas y, probablemente, su colchón para dormir debe estar ahí. No veo ningún ordenador, así que debe usar los de la biblioteca. Su rincón; como un perro tiene el suyo con su cesta y su manta. ¿Por qué me viene este pensamiento a la cabeza?

La decoración es en general nostálgica, como si quisieran agarrarse a una especie de felicidad del pasado, de los viejos tiempos. Sumado a esto, todo parece viejo y usado; algunas cosas han sido restauradas, a otras les faltan partes, y todas necesitan de veras de ser sustituidas. Hay cosas de madera rotas, cubiertas de muebles usadas, y mantas viejas. El humo de velas e incienso está por todo lado.

Va a ser una visita corta. Tengo que salir de aquí cuanto antes, sin ser maleducada. Hablamos sobre el pasado, y les cuento sobre mi vida en Londres. Para llenar los silencios, les cuento sobre mis viajes, primero con mi familia cuando era pequeña, y después mis viajes posteriores sin ellos.

Estoy de vuelta en la calle, y ha empezado a llover. Ju-long está conmigo.

"¡Espera aquí! Voy a por un paraguas y te acompaño al hotel."

"Por favor, Ju-long, me gustaría caminar sola, e intentar aclarar mis ideas y mis sentimientos. Lo necesito de verdad."

"Siento haberte causado todo este dolor, Luzi. Espero que podamos vernos mañana."

"Sí, nos vemos mañana, pero tengo que volver a Londres en un día o dos. Tengo trabajo y cursos a los que tengo que asistir."

Ju-long vuelve con un paraguas viejo, y después de un beso rápido, vuelvo al hotel de prisa. Ahora empieza a llover con fuerza como si todas las lágrimas del cielo tuvieran que caer sobre mí esta noche.

Tengo que admitir que la madre de Ju-long y sus abuelos no pueden vivir sin su ayuda, o algún tipo de ayuda, por lo menos. Me siento devastada cuando me doy cuenta de esto. Fue como si me estuviera cayendo y cayendo en un boquete negro infinito de desesperanza e incredulidad. Trasladarme a Hong Kong parece mi única opción, pero ¿qué va a pasar entonces con mi trabajo y las clases de la universidad que tanto me gustan, qué va a pasar con mi apartamento y mis amigos? ¿Tengo que renunciar a todo esto? ¡Es toda mi vida!

Poco después de dejar a Ju-long, el paraguas se parte y lo tiro a un cubo de basura. Empapada vuelvo al hotel. De vuelta en el cuarto tomo una ducha caliente, intentando lavar todo lo que la lluvia no ha conseguido lavar, pero sin resultado. Acostada de espaldas en la cama, me siento adormecer en segundos.

Primero está oscuro. Después comienzo a hundirme en una especie de almohada grande y negra. Después está brillante, y abro los ojos, estoy tumbada en el mismo sitio que la primera vez que vine a

Elvendale. Los olores están de vuelta, y también los sonidos; incluso el coro está aquí. Oigo un profundo ronquido y me incorporo sobre mi codo. Qué bueno es estar otra vez con Loong. Ya no me siento exhausta.

"Piensas que la conexión entre tú y Ju-long viene de cuando erais pequeños, pero viene de aún más lejos, de otras vidas. Fuisteis hermanas una vez, teníais una relación muy estrecha, y antes de eso, fuisteis un hombre y una mujer que no pudieron tenerse el uno al otro porque sus respectivas familias les impusieron lo contrario. En vuestra vida como hermanas, tuvisteis una relación casi simbiótica, aunque no erais gemelas."

"¿Cómo pueden las vidas anteriores influir la vida presente?"

"Se podría decir que lo que acontece en una vida queda grabado, y reminiscencias de estos acontecimientos se quedan en la consciencia humana. Si hay asuntos de las que no nos hemos liberado, estos se mezclarán con la vida actual. La energía de estas vidas pasadas actuará en esta vida con mensajes como "queremos estar juntos desesperadamente" y "nuestras familias no lo permiten". No es la familia de Ju-long la que no os permite estar juntos, sino la energía que está actuando, haciendo que parezca que su familia lo necesita, y que él tiene que alejarse de ti."

"¿Qué podemos hacer, quiero decir él y yo, para cambiar esta terrible situación?"

"¿Qué pasaría si Ju-long se liberara de esas energías, y les devolviera a su madre y a sus abuelos la responsabilidad de sí mismos? Bien, llegarían nuevas energías y nuevas posibilidades, y él podría elegir de entre ellas, sin estar ya sujeto a la antigua creencia de tener que sacrificarse a sí mismo. Igualmente vais a tener que resolver vuestra propia relación para que nuevas posibilidades lleguen para ti y Ju-long."

"Así que esta situación no es verdaderamente real, puesto que hay algo interfiriendo en ella; ¡pero he visitado a su familia, y a mí me parece bastante real!"

"La ilusión aparece antes de que Ju-long "piense" o "sienta" que TIENE que hacerse responsable. ¿Qué habría pasado si él no hubiera estado ahí por algún motivo? La situación sencillamente habría sido diferente. No habría habido otra posibilidad. A lo mejor su madre aún se habría encontrado en la misma situación, porque ella también piensa que tiene la responsabilidad de cuidar a sus padres; pero, como digo, existen muchas posibilidades. Y si ella no hubiera estado aquí, ¿habrían sus padres tomado decisiones diferentes, si no tuvieran la necesidad de jugar este juego de responsabilidades?"

"¡Pero si Ju-long los deja, su madre va a tener que matarse a trabajar para sustentar a sus padres!"

"Sólo si lo elige, o mejor dicho, si ELLOS lo eligen. Pueden elegir conscientemente cortar el lazo kármico y dejar atrás las viejas creencias, y tanto ella como sus padres podrían tener vidas mucho mejores que las que han tenido hasta ahora."

"Pero Loong, los padres TIENEN que hacerse responsables de sus hijos."

"Sí, sí, eso es innato en la mayoría de los animales, forma parte de la naturaleza, ¡pero no tienen que proveer por sus hijos toda la vida! ESO sí que es antinatural, de verdad que lo es."

"¡Así que estás diciendo que Ju-long no es responsable por su madre y sus abuelos!"

"Depende de a que te refieras con responsable, pero sí, eso es lo que estoy diciendo. Si alguien necesita ayuda, la sociedad entera tiene que estar construida de tal manera que, tanto si necesitas arreglar las cañerías, o que alguien cuide de tu salud, la ayuda esté ahí. Es por eso que hay tantos trabajos especializados. No depende de un sólo hijo o progenitor ser responsable de ello."

"Sé que no puedo hablar con Ju-long de lazos kármicos y vidas pasadas. Aunque consiguiera persuadirlo de dejar a su familia, me culparía si su madre o sus abuelos no se consiguieran liberar del ciclo kármico, y vivieran el resto de sus vidas en la miseria."

"Sí, pero su amor por ti podría ser el catalizador que lo empuje a liberarse. Puede incluso que cree una reacción en cadena que influya en el resto de la familia para el bien de todos."

"¡Pero tengo que trasladarme a Hong Kong para estar con Ju-long!"

"O a lo mejor, viviendo en Londres podrías crear el

empujón necesario para que él se liberara. Podría ser parte del plan para encontrar una solución."

"Sería como si lo estuviera obligando a dejar a su familia para venir a vivir conmigo."

"Bueno, en cierta forma, eso es exactamente lo que estarías haciendo, pero seguiría siendo decisión de Ju-long. Nunca podrías decidir por él; la elección siempre sería una elección personal."

A la mañana siguiente, es evidente para mí que tengo que envolverme en la maraña de Ju-long y su familia. Debo mantener la esperanza de que nuestro amor es lo suficientemente fuerte para romper el hechizo por el bien de todos. El siguiente vuelo al Reino Unido sale a la mañana siguiente muy temprano, e informo de esto a Ju-long y a mis abuelos. Siempre tengo la sensación de que no les volveré a ver, así que siempre estoy de mal humor en este momento de mi visita.

Por la tarde, me encuentro con Ju-long a las cinco afuera de la biblioteca para despedirme. Como el vuelo sale tan temprano, este es el terrible momento de nuestra despedida, esperando al mismo tiempo que el momento de volvernos a ver no esté muy lejos.

"Ju-long, cariño, no me estoy apartando de ti, pero tengo muchas cosas en la cabeza, y mis sentimientos están un poco revueltos. Se trata sobre todo de nosotros, pero también de mis abuelos, tengo miedo de que sea la última vez que los vaya a ver. Con todos estos sentimientos dando vueltas dentro de mí, necesito enfocarme en mi misma para encontrar paz interior."

"Siento lo mismo que tú respecto a tener que dejar a mi familia, especialmente a mi madre, y puede que tampoco vuelva a ver a mis abuelos si lo hiciera. Y todas las cosas nuevas con las que me tendría que enfrentar si me trasladara a Londres. Incluso el CÓMO organizarlo todo esto me confunde."

Después de esto, nos quedamos ahí de pie durante mucho tiempo, cogiéndonos de la mano con fuerza, antes de irme definitivamente y vuelvo a casa de mis abuelos.

Mis abuelos y yo pasamos el resto de la tarde como solemos hacerlo, pero después de ir y volver a los escalones que bajan a la playa, nos despedimos. Afuera del edificio les doy un gran abrazo.

"Fue tan bueno veros a los dos, y espero que nos volvamos a ver muy pronto."

Mi abuelo está emocionado y me abraza fuertemente por mucho tiempo.

"Siempre serás bienvenida, Luzi. Que tengas un viaje seguro mañana, y dale recuerdos a Carl, Ya y Anna."

Mi abuela está igualmente emocionada, y después de un largo abrazo, me mira a los ojos y me asegura que todo irá bien.

"Luzi, mi cariño, han pasado tantas cosas en estos días, pero seguro que todo será para lo mejor. Recuerda que los cambios grandes pueden llevar algún tiempo en concretizarse."

Mis ojos están llenos de lágrimas mientras recorro el corto camino al hotel. Me siento cansada y despierta al mismo tiempo, pero cuando me tapo con las sábanas, caigo casi instantáneamente en un profundo sueño.

Puedo sentir la presencia amable y querida de Josela, pero no estamos en Elvendale. Está oscuro, pero no me resulta asustador, es sólo la ausencia de luz. Pasados unos instantes me habla.

"Te prometí que hablaríamos de familias angélicas. "Ángel" es sólo un término popular, igual que el término "alma", ya que estamos en ello. Digamos que los hijos de la consciencia creativa salieron del hogar para explorar su recientemente adquirida soberanía, y jugaron con la energía que fue creada en el mismo momento en que esto aconteció. En algún momento, aquellos que tenían cosas en común se juntaron en grupos, y más tarde, apareció la creencia de que debían de ser seres incompletos, o inferiores a sus padres, y que tenían que volver al hogar para completarse. Al mismo tiempo, esta idea de ser menos que, provocó la impresión de que la energía era limitada. Ahora tenían que acumular tanta energía como pudieran, incluso robarla si hiciera falta, y las batallas comenzaron."

"¿¡Así que esto fue la primera Guerra de las Galaxias!?"

"Bueno, no de la manera en que te lo imaginas. No éramos seres físicos en aquel entonces. Pero las batallas para conseguir energía continuaron, y esta se

fue estancando más y más, y todo comenzó a ra-
lentizarse. Llegó casi a pararse, y para encontrar
una solución surgió un consejo. Se tomó la decisión
de crear un entorno físico, porque es muy lento en
comparación con la consciencia, que crea casi instantáneamente. Piensa en lo despacio que funciona
tu cerebro."

"Sí, el cerebro no es sólo lento, sino que además
trabaja sólo en plano tridimensional."

"Y eso es exactamente lo que queríamos. De esta
forma podíamos experimentar lo que realmente
estaba pasando en nuestras vidas. Podíamos verlo
todo en cámara lenta."

Siento alguna turbulencia, y comienzo a distanciarme de Josela.

"¿Qué está pasando?"

"Estás sintiendo algo de la inquietud y el miedo
proveniente de aquellos acontecimientos, especialmente de las batallas. Dejémoslo aquí por ahora, te
prometo continuar cuando las cosas se hallan tran-
quilizado para ti."

Me da un cálido abrazo, y poco después, me despierto inquieta y alerta. Por suerte puedo volver a
dormirme, pero me despierto enseguida con el sonido de mi despertador. Después de salir del hotel,
cojo un taxi para ir al aeropuerto. Son 40km, y esta
es la forma que más me conviene para llegar ahí,
especialmente teniendo en cuenta lo temprano que
es y que todavía no estoy del todo despierta.

Una vez en el avión hacia Londres, Josela vuelve para terminar su historia sobre los ángeles.

"Cuando el entorno físico estuvo preparado, fue elegido un representante de cada familia para juntarse al primer grupo de exploradores de este denso ambiente. Primero tuvimos que entrenar para habituarnos a esta forma de vivir, así comenzamos a nadar con las ballenas como pasajeros conscientes, sin encarnarnos aún. Después llegó el periodo de Lemuria."

"¿Entonces todavía estamos averiguando como volver?"

"Bueno, no exactamente. Llegado un determinado punto nos perdimos en la dimensión física y el proceso de reencarnación, pero algunos "despertaron" y se dieron cuenta de lo que pasaba realmente. Es lo que se llama "ascensión" o "iluminación".

"¿Entonces, los maestros están intentando decirnos a los demás lo que está pasando?"

"¡SÌ! Es así de simple; pero como los seres humanos están tan atascados en sus vidas en la Tierra, incluso las cosas simples pueden ser complicadas."

Después de esta conversación, me siento con ganas de seguir las enseñanzas de los maestros desde una perspectiva nueva, aunque no puedan formar parte de mi nuevo libro. Antes de aterrizar en Heathrow, me doy cuenta de que los maestros usan dos formas para despertar a las personas. Una es enseñarles como alcanzar la iluminación, y la otra es facilitarles la información de lo que está ocurriendo.

Londres

Por la tarde llamo a mis padres, pues ha pasado ya algún tiempo desde la última vez que hablamos. Les hablo sobre mi libro y, claro está, sobre mis viajes en China. Les cuento mi encuentro con Ju-long, pues ocupa mis pensamientos y mis sentimientos la mayor parte del día. Mi madre intenta animarme.

"Como sabes, el amor es un motivador muy grande. Estoy segura de que encontraréis la solución."

En este momento a mi padre se le ocurre algo que puede ser exactamente la solución idónea.

"Luzi, cariño, pienso que podemos solucionar esto. Verás, he investido bastante en cuidados sociales, salud y cuidados de personas mayores en China, y no sólo en Hong Kong. Tenemos una institución privada en Hong Kong y, si las condiciones de la familia de Ju-long pasan los requerimientos, y añado mi recomendación, seguro que encontraremos una manera."

"Eso nos ayudaría mucho, y calmaría la situación."

"Tenemos personas muy eficientes en Hong Kong. Conocen en profundidad las leyes de asuntos sociales y tienen muchos contactos en la comunidad. No te preocupes; me ocuparé de esto en cuanto consiga ponerme en contacto con alguien en Hong Kong, y enviaré ahora mismo algunos emails."

Mi madre y yo seguimos hablando un rato más, y

me pone al día de su ocupada vida."

No puedo esperar a darle las buenas noticias a Ju-long. No quiero enviarle un mensaje ni un email, así que tengo que esperar a que él llegue al trabajo para llamarle por teléfono ahí. Pongo mi despertador a las 2 de la madrugada para poder llamarle a la biblioteca a las 10 de la mañana hora Hong Kong.

Cuando suena el despertador, necesito algo de tiempo para despejarme. Enciendo la luz, voy al baño, y bebo un vaso de agua. Llamo a Hong Kong, y oigo la voz de Ju-long en mis oídos después de esperar un poco.

"Hola Luzi, ¡he estado desesperado por oírte! ¿Cómo estás?"

"Estoy mucho más tranquila que la última vez que hablamos. He estado hablando con mi padre sobre China y Hong Kong, y el hecho de que hay cada vez más personas mayores, y cada vez menos jóvenes para cuidarlos. Me dijo que había invertido bastante en cuidados para personas mayores, sobre todo en Hong Kong. Yo no sabía eso. Me ha prometido que me informará sobre esto y me contactará después."

"Sí, me acuerdo de tu padre, Carl..."

"Tus abuelos no se están volviendo precisamente más jóvenes, y no puedes vivir eternamente con la esperanza de que las cosas vayan a mejorar. Mi padre está casi convencido de que puede ayudar de alguna forma."

"No voy a contar nada de esto en casa para no darles falsas esperanzas."

"Pero a lo mejor la esperanza en un futuro mejor es todo lo que se necesita para empezar a romper el círculo vicioso de desesperanza."

"Puede que lleves razón, Luzi. Sin esperanza nada va a cambiar."

"Sí, sin esperanza, e incluso más, sin la voluntad de cambiar las cosas, te quedas sólo con la ilusión de que la suerte va a traer los cambios necesarios."

Nuestro optimismo ha vuelto, y una vez más hablamos sobre la posibilidad de que Ju-long se traslade a Londres. Después terminamos la conversación. Él tiene que volver al trabajo, y yo tengo que ir a la universidad. Tengo cosas por hacer ahí, pero más tarde pasaré lo que queda del día en la biblioteca.

La biblioteca de la Casa del Senado es la biblioteca central de la universidad de Londres, y la biblioteca principal de la escuela de Estudios Avanzados. Es por la tarde temprano, y acabo de salir de la biblioteca y estoy bajando las escaleras hacia la salida. Justo enfrente de la biblioteca, veo la parte de atrás del Museo Británico. Lo he visto cientos de veces, pero hoy siento una extraña necesidad de visitarlo. Siempre uso la biblioteca, o las bibliotecas de la internet, pero ahora me doy cuenta de que el museo también es una especie de biblioteca. Se podría decir que es una biblioteca de cosas físicas, además de muchas otras cosas, claro.

Entro en el museo y voy directamente al plano de

la biblioteca. Me quedo ahí de pie un rato, con la esperanza de que me revele donde encontrar algo importante. En ese momento mis ojos se topan con la indicación "Sala 33c, azulejos sobre dragones". Según el plano, parece ser una sala muy pequeña, pero en este caso, el tamaño probablemente no tiene importancia. Camino por la gran sala de entrada con las columnas a cada lado y encuentro los azulejos sobre dragones. Miro de cerca para ver si hay algún detalle que relacione los gatos con los dragones, u otras pistas que pueda usar en mi libro. Por desgracia no veo nada de interés. Desilusionada, decido salir del museo, pensando que tal vez la necesidad de venir aquí no fue al fin al cabo real. De camino a la salida, me dirijo hacia las columnas a mi derecha, siguiendo la fila para salir. Otra vez tengo esa sensación y miro a mi alrededor.

Hmm; ¿qué me está pasando hoy? Estoy sensible y alerta, pero no veo ninguna señal.

Eso no es totalmente cierto. Hay UNA señal que dice: "Sala 4, esculturas egipcias". Teniendo en cuenta que esta es la única señal, entro en la sala 4. Lo primero que me llama la atención es una estatua de un gato sentado, hecho de algún tipo de metal. "El gato Gayer-Anderson," dice debajo, "Llamado así por su dueño."

El texto corto al lado de la escultura dice que la estatua del gato de tamaño real está hecha de bronce. En la cabeza tiene un relieve de escarabajo, alrededor de su cuello un amuleto de la buena suerte con la inscripción "El Ojo de Horus," y sobre el pecho un escarabajo volador sujetando el sol.

No hay ninguna pista sobre dragones, excepto quizás las alas del escarabajo, pero seguiré investigando cuando llegue a mi estudio.

De vuelta en mi estudio descubro que muchas esculturas se parecen a esta, incluso las pequeñas que se pueden comprar en las tiendas de recuerdos.

Loong aparece, y hace un comentario sobre esto.

"Verás que la mayor parte del arte egipcio y de los símbolos son muy similares, incluso a lo largo de varios periodos. Esto indica que contiene información arquetípica, a la vez que información histórica y práctica."

A medida que investigo más sobre los gatos egipcios, descubro que Bast es la diosa de los gatos. Sus atributos son la protección, la alegría, la danza, la música y el amor - los mismos atributos que Hathor, representado normalmente con cuernos de vaca sobre su cabeza, en vez de creciendo de ella, y el disco solar entre los cuernos. Muchos ven a Bast como la predecesora de Sekhmet, la diosa león, que tiene la cabeza de un león y un disco solar encima de su cabeza. El disco también tiene una serpiente.

¡Vaya, exactamente los mismos atributos que mis experiencias con los Sidhe!

El padre de Bast es Ra, el sol, y su madre es Isis. Ra es el dador de luz, e Isis es la madre por excelencia y la patrona de la naturaleza y la magia.

¡Más signos del reino de los Sidhe!

En esencia, el escarabajo simboliza el círculo de la vida, y la vida misma en la Tierra. Igual que empuja una bola de desperdicios, empuja también el sol en el cielo, y lo vuelve a traer al acabar la noche. Luz y oscuridad, vida y muerte - un ciclo repetitivo, una espiral. En este ciclo la reencarnación juega un papel importante.

Horus es el dios del sol, y por lo tanto, también es hijo del sol; hijo de Ra. Como también es hijo de Isis, es hermano de Bast. La relación entre ellos depende del tipo de culto, pero lo que no cambia es el hecho de que entre ellos existe una fuerte conexión. Las relaciones impuestas a las personas sólo existen para facilitarles su relación con los arquetipos.

Tenemos los aspectos masculino y femenino. El lado masculino, el sol, trae vida desde "arriba" y el lado femenino proporciona el útero, la oscuridad, la noche, y el sustento de la Tierra.

De esta manera, los símbolos, tal como la figura del gato, revelan muchos aspectos.

El escarabajo de la cabeza muestra que el intelecto, la mente, es parte de la Tierra o el mundo tridimensional, mientras que la vida, el alma, la consciencia, están situados en la parte del corazón - otro significado simbólico. El escarabajo del pecho de la estatua tiene las alas de Isis y empuja el sol con sus patas delanteras. Las alas simbolizan el alma, la vida eterna, que no está atada a la vida física en la Tierra.

El escarabajo alado nos muestra que en la vida existe más (el escarabajo) que lo físico, principalmente el alma (las alas).

Después de todo esto me doy cuenta de que ES-
TOY siendo guiada por los Sidhe y Loong para re-
velar estas verdades. En general me veo como una
persona muy intelectual, pero en este caso, tengo
una conexión muy intuitiva con algo más profundo
y esencial de la vida.

Ahora tengo más material para mi libro, pero pre-
cisa de mucha más investigación en el apartado
egipcio.

Egipto

He tenido un día ajetreado, y no he tenido tiempo de mirar mi email. Ahora, de vuelta en mi precioso apartamento, enciendo mi computador y me preparo algo de fruta y un jarro de agua. Hay un mensaje de mi padre, y me corazón se acelera.

"Querida Luzi, el equipo de Hong Kong ha enviado un formulario a Ju-long para que rellene los detalles, y están también tirando de los hilos necesarios. Volveré con más noticias en cuanto las tenga. Tu madre y yo estamos terminando las últimas preparaciones para un viaje de dos semanas que vamos a hacer a Egipto... Tu madre acaba de aparecer y está preguntando si tienes tiempo para pasar algunos días en Egipto con nosotros. Estamos bien y con ganas de hacer este viaje. Besos, Mamá y Papá."

¡Egipto! ¿Sincronicidad? Compruebo mi calendario. Puedo coger unos días libres, quizás una semana si consigo cambiar la fecha de algunas cosas que tengo que hacer.

También hay un email de Ju-long.

"Maravillosa, Luzi, hemos recibido un formulario de la Fundación para el Cuidado HK, y también he hablado con un hombre por teléfono. Piden un montón de detalles, por eso fue una suerte tenerlo al teléfono para ayudarnos. Mi madre y mis abuelos se sienten escépticos y tienen dudas sobre todo esto, pero alguien de la fundación va a venir esta tarde para hablar con nosotros. Por ahora no sabemos cómo nos pueden ayudar. He mencionado a mi familia de pasada la posibilidad de trasladarme a Londres. Te echo muchos de menos. Besos y abrazos, Ju-long."

Le contesto inmediatamente.

"Ju-long, cariño, también te echo de menos. Me alegro oír que la fundación está trabajando tan deprisa, y espero que pronto obtengas una respuesta más detallada. Mi madre y mi padre van a ir unas semanas a Egipto, y como he encontrado algunas pistas sobre gatos egipcios, puede que me una a ellos durante un par de días. Espero recibir más noticias buenas de tu parte pronto. Besos, Luzi."

Después escribo una respuesta corta a mis padres.

"Hola. Lo del viaje a Egipto suena muy bien. Enviadme las fechas disponibles y veré como reorganizo mi calendario. Hoy encontré algunas claves para mi libro, y adivina qué. ¡Es sobre gatos egipcios prehistóricos! He recibido un mensaje de Julong: la fundación está trabajando deprisa; ya han rellenado un formulario, ¡y esta noche van a visitar a su familia, papá! Tengo ganas de ir con vosotros en Egipto. Te quiere, Luzi."

Las preparaciones para el viaje a Egipto son fáciles. Todo parece estar a mi favor y en seguida estoy en un avión rumbo a Egipto, y sin duda, a nuevos descubrimientos que demostrarán la sincronicidad de todo esto.

He llegado al aeropuerto internacional de El-Cairo justo antes de medianoche, después de un vuelo de cinco horas. Voy a la terminal nacional y ahí espero el vuelo a Luxor de las 5 de la mañana. Por suerte conseguí dormir algo en el avión de Londres, y un e-book me hace compañía hasta que, con algún retraso, abren las puertas de seguridad.

El pequeño avión aterriza en Luxor después de un viaje de una hora, y cojo un taxi al hotel Sonesta St. George en la calle Cornisa del Nilo donde mis padres se están alojando. Desayunamos temprano juntos, y después duermo unas horas en mi habitación.

Por la tarde exploro el hotel, y uno de los primeros sitios que encuentro es una tienda pequeña de perfumes en la sala al lado del ascensor. Aquí un hombre, llamado Esmail, me vende un perfume. Es la primera vez que lo huelo, y aun así me emociona tanto que se me saltan las lágrimas. Debe haber despertado alguna experiencia antigua de otros tiempos; probablemente de Egipto. Es maravilloso estar así con mis padres, en sitios exóticos, completamente feliz y llena de asombro, como cuando era joven. Después del sol ponerse, damos un paseo por el vecindario del hotel para verlo sin el calor abrasador del verano. Me duele ver los caballos pequeños y delgados tirando de los taxis de carruajes. Siento que los dueños no ven a los caballos como seres vivos, sino como una herramienta para hacer dinero. Es señal de personas de baja consciencia, y optamos por no usarlos.

A la mañana siguiente abordamos el barco que hace el crucero por el Nilo, Movenpick Royal Lily, que es un barco hotel de cinco estrellas. Royal Lily nos va a llevar arriba y abajo del Nilo, parando en sitios específicos para que podamos tomar parte de excursiones organizadas.

No voy a contar aquí todas las visitas que hicimos, solo una de las experiencias que vivimos por su carácter extraordinario, pues añade otro eslabón a la conexión entre los Sidhe y China.

En Luxor visitamos el Templo Karnak. Hay un pequeño templo dedicado a Sekhmet, bien lejos, detrás del templo Karnak. Cerca de ahí, sobre un puente, guardias armados con ametralladoras están de patrulla. En una sala pequeña hay una estatua negra o gris oscura de Sekhmet, la diosa león, que me despierta un gran sentimiento de devoción. Sekhmet me dice, "¿Por qué estás tan seria? ¡Bailemos!" Y nos lanzamos a ello; bailamos dando vueltas en una sala grande; girando y girando, llenas de alegría. Afuera, de vuelta al sol, de pie al lado de una especie de secciones de columna, Imhotep aparece en escena.

"No puedes dividir la consciencia entre diferentes dioses con atributos predefinidos; sí, conociste a Sekhmet, pero estuviste bailando con Sekhmet, Bast, Hathor e Isis... bueno, y todo el resto de nosotros. Su atributo principal, fuerza, ha sido, y todavía es, malentendido sobremanera. No tiene nada que ver con poder, que es normalmente una cosa del ego, usado para manipular y controlar a otras personas. Lo que su fuerza transmite es que te tienes que mantener dentro de tu propia luz, y nunca permanecer en la sombre de otro. Es por eso que sentiste ese amor y esa alegría durante el baile; fue la alegría de sentirte libre de toda opresión."

Te preguntarás, querido lector, como sé que estoy comunicando con Imhotep. Simple, fue el nombre con que esta consciencia se presentó cuando primero apareció ante mí, y sentí la verdad y el amor de esta afirmación confirmándome que efectivamente era una consciencia que había conocido en el pasado.

"Estoy segura de que sabes que igual que yo, a quien conociste en una vida pasada como Imhotep, Sekhmet también puede conectar contigo en cualquier momento y cualquier lugar si estás abierta a ello. La estatua sólo fue el medio usado para conoceros, pero te puede resultar interesante saber que, si dibujas una línea desde el Templo Luxor a través del camino de los carneros, te darías de bruces con la estatua de Sekhmet.

Inmediatamente siento una profunda conexión con Imhotep, y me doy cuenta de que nos hemos conocido en otras vidas, no sólo en aquella en la que lo conocí bajo este nombre.

"De hecho, me has conocido bajo el nombre de Imhotep en varias vidas aquí en Egipto. Cuentan que me volví muy viejo; bueno, de hecho, así fue, pero también cambié de cuerpo para quedarme en estas tierras por un periodo de tiempo más largo. Sentí que no podía morir y dejar ese espacio en las manos de personas sedientas de poder."

Siento que estoy en una realidad expandida, de pie aquí bajo el sol de la mañana rodeada de ruinas, y al mismo tiempo, profundamente conectada a esta entidad de una manera totalmente natural.

"¿Por qué nunca he vivido una experiencia así antes - quiero decir, sintiéndome conectada de esta forma?"

"Ha habido conexiones, muchas de ellas, pero nunca oíste las voces con anterioridad. Lo que está bien, porque has sido muy buena en sentir lo que te transmitíamos a través de sentimientos. Los sentimientos, no las emociones, son una forma de comunicación mucho mejor."

"¡¿Ah, como cuando me sentí atraída hacia el museo en Londres?!"

"Sí, y como volver a las conexiones que estabas buscando. Todo está conectado. El símbolo conocido como El Ojo de Horus, viene de antes de la cultura egipcia y fue encontrada en la antigua sabiduría de la Atlántida. Cuando yo, y algunos otros, vinimos a Egipto, trajimos estos secretos con nosotros. Sólo había personas primitivas viviendo aquí en aquel entonces, así que, obviamente sólo pudimos enseñarles cosas muy básicas, normalmente a través de parábolas. A través de diferentes métodos conseguimos que los habitantes de la región evolucionaran hasta cierto punto. Más tarde degeneraron otra vez, como el resto de la humanidad, debido a un descenso de la consciencia causado por enfocarse excesivamente en el mundo material. Ya de camino, la palabra egipcia para el Ojo de Horus es "Wedjat", que fue uno de los primeros dioses. Como dije antes, este símbolo es muy antiguo, y puede que te interese saber que uno o varios símbolos similares pueden ser encontrados en los antiguos símbolos chinos si te tomas el tiempo necesario para buscarlos."

Esto es lo que encontré más tarde:

El Ojo de Horus en estilo egipcio antiguo.

"Ver" en letras del Oráculo Chino de Huesos (2000-1027 a.C., dinastías Xia & Shang).

"Ver" en chino tradicional (radical 147) (206 a.C. - actualmente). En chino clásico significa "aparecer".

"Aparecer" también significa venir a existir, nacer. Todo lo que nace se manifiesta a través de la consciencia. ¡El concepto de "el centro de todas las cosas" es muy antiguo!

Encontré este símbolo de un ojo, debajo de un ejemplo de escritura hecho sobre el caparazón de una tortuga, de la cultura Peiligang en China de alrededor del año 7.000-5.700 a. C. ¡Hasta tiene las dos mismas líneas debajo del ojo! ¿Cómo puede esto NO ser evidencia de la existencia de relaciones a través de tiempo y distancias enormes? Sencillamente no puedo creer que estos signos hayan sido transmitidos con dibujos hechos en la comida a través de enormes distancias y recordados a través de milenios; tienen que haber sido de conocimiento general.

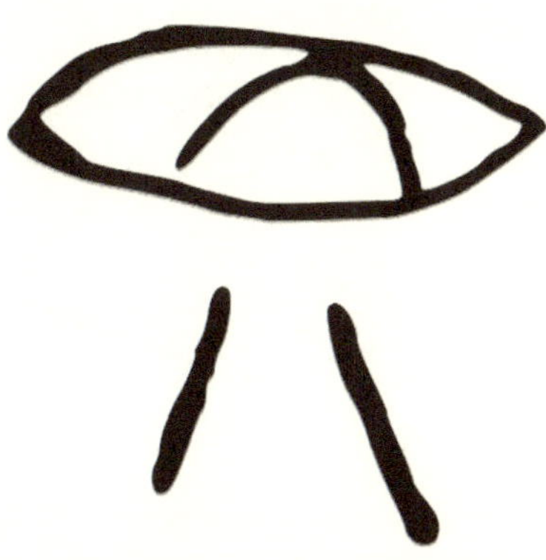

Un signo usado alrededor del año 7000 a.C. en Jiahu, provincia de Henan, China. Situado en el 6500-6200 a.C. a través del método del carbono.

Voy a ir a dar una vuelta yo sola, porque no quiero que la conversación de mis padres me distraiga.

Hemos quedado más tarde a la entrada, para que no haya problemas. En un momento dado estoy completamente sola en un jardín, de pie bajo el sol cálido, sintiendo el sitio en el que estoy.

"Coge esa piedra que ves ahí."

Miro para bajo y veo una piedra que está brillando con los rayos del sol. La cojo, y cuando la miro de cerca, veo que tiene forma de cristal, pero con las aristas desgastadas. Casi parece como si se hubieran juntado dos pirámides cuadradas por la base, con una punta hacia arriba y la otra hacia abajo. Se llama octaedro porque tiene ocho lados.

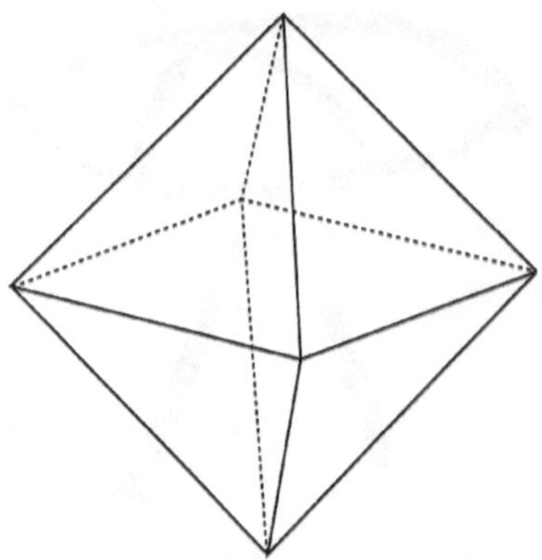

Este dibujo muestra el octaedro.

"Ah, gracias. Ahora puedo llevar conmigo de vuelta un poco de la luz de Egipto."

Contemplo el pequeño cristal por un tiempo; después lo pongo en mi bolsillo. He estado sintiendo una necesidad creciendo en mí, y pienso:

"Necesito un cuarto de baño."

"Sigue el camino enfrente tuya."

Bueno, no parece que haya nada en esa dirección, pero lo intentaré de todas formas. Paso por una entrada en la pared y no muy lejos de mí, a la izquierda, detrás de unos árboles, hay un edificio pequeño medio escondido debajo del suelo. Hay un cartel de madera que dice "WC".

"¡Gracias!"

"¡De nada!"

Par mí, esto demuestra que la consciencia existe más allá del tiempo y del espacio, y que la muerte es una ilusión. ¡Puedo mantener una conversación con un egipcio muerto hace tiempo, sobre un tema tan trivial como encontrar un cuarto de baño! No es una relación beata, sino un encuentro entre iguales, alma con alma.

Lemuria y la Atlántida

Estoy de vuelta al Royal Lily en mi habitación, y acabo de tomar una ducha refrescante. Estoy tumbada en la cama esperando que nos sirvan la comida, pensando en lo que me ha pasado durante el día. Decido hacerle una pregunta a Imhotep.

"Ahora que tengo la oportunidad, me gustaría preguntarte sobre la técnica de construcción de las pirámides. ¿Cómo pusieron esas enormes piedras en su lugar?"

"Las pirámides fueron construidas como cristales gigantes, como las utilizadas en la Atlántida. Algunas con la forma del cristal que acabas de encontrar, un octaedro. La respuesta corta a la pregunta sobre el peso de las piedras es que fueron levantadas con la consciencia, pero esto no es una respuesta que puedas utilizar así que la elaboraré más. En lo que tu conoces como la Atlántida, usábamos cristales para almacenar energía y "programas" para muchos trabajos diferentes. No teníamos energía eléctrica entonces. Uno de esos "programas" o "códigos" podía reducir la gravedad significativamente, y era controlada por la consciencia. Trajimos uno de esos cristales con nosotros cuando vinimos a Egipto. Fue, de hecho, el que Moisés cogió cuando salió de Egipto con su pueblo. Ese fue el motivo por el que el Faraón siguió a los judíos después de haberles permitido abandonar Egipto. Con el cristal pudieron también separar las aguas."

"Así que cuando la Atlántida se hundió fuisteis a

Egipto?"

"Ah, pero la Atlántida no su hundió. Después de la última edad de hielo, el nivel del mar subió y cubrió parte de la tierra y Tian, su centro científico, lo que originó la historia del Triángulo de las Bermudas. El mito del hundimiento de la Atlántida viene de Lemuria, la primera era de encarnación en este planeta, cuando la mayoría de las tierras, con su centro de rejuvenecimiento se hundieron a lo largo de un periodo de cien años, porque la burbuja de lava debajo de ellas se contrajo hasta que sólo las islas de Hawái permanecieron sobre el nivel del mar. Cuando las personas intentan sentir lo que aconteció en la época de la Atlántida, terminan sobrecogidos por la historia previa y el inmenso miedo que provocó. Al intentar escapar del hundimiento fueron haciendo escalas en busca de tierra firme y una de estas escalas fue la isla de Pascua, adonde iban en canoas, aunque muchos no consiguieron llegar ahí."

"Bueno, ¿y entonces que le ocurrió realmente a la Atlántida?"

"¡Es una historia realmente triste! La vieja Atlántida todavía existe, pero en una dimensión no física, más allá del mundo tridimensional por así decirlo. Esta Atlántida no física fue creada, primero como un experimento y después como un refugio cuando las cosas se volvieron difíciles debido a un líder sediento de poder llamado Azuru Timu y sus seguidores. Timu era un título, y significaba "líder", o "aquel que cuida de su pueblo". Azuru significa "azul" y hacía referencia a su piel azulada. Al final

Azuru Timu murió después de haber vivido 550 años alimentándose de la energía vital de otros.

"La estructura de la Atlántida se desintegró durante el liderazgo de Azuru Timu, durante ese tiempo la consciencia común era bastante baja. Afectó a la Tierra, causando condiciones climatológicas extremas, erupciones volcánicas y terremotos. Las erupciones volcánicas, y hasta cierto punto los terremotos, empeoraron el clima, causando la bajada de temperaturas y las tormentas de arena que cubrieron la luz del sol. Cuando las condiciones sobre la superficie de la Tierra se volvieron intolerables, las personas se trasladaron a ciudades caverna debajo de la tierra donde permanecieron durante cientos de años. Cristales provenientes de la época de la creación de la Tierra, proveyeron a las personas con energía para sustentar la vida en las cavernas. Todo esto causó un retroceso considerable en la vida humana en general, y mucho de su conocimiento desapareció de la población."

"¿Cuándo tuvieron lugar las épocas de Lemuria y la Atlántida?"

"Debes saber que el tiempo no es lineal, y los científicos no están teniendo esto en cuenta cuando hacen cálculos históricos. Puedes decir que Lemuria comenzó más o menos hace quinientos millones de años y la Atlántida hace quinientos mil años, si tomamos el éxodo de Lemuria como su inicio."

"Si la Atlántida no se hundió en el océano, ¿dónde está ahora?"

"Bueno, está en todo el mundo, pero su centro era

la Ciudad de Méjico, así que podrías decir que es el continente americano. Existían lugares en las costas de las islas del Océano Pacífico que actualmente se encuentran hundidas, y también en las costas de Cuba en el Océano Atlántico. La ciudad de Tien, con sus templos y escuelas está ahí."

"¿Cómo puede el tiempo no ser lineal, si miro mi reloj el tiempo progresa segundo por segundo?"

"Cuanto menos conscientes son las personas, más lentamente pasa el tiempo a través de su consciencia o, mejor dicho, menos cosas acontecen. Como la consciencia fluctúa, el tiempo también fluctúa. De hecho, tú misma has experimentado esto. Puedes sentir que un acontecimiento pasa rápido o despacio; dependiendo de lo consciente que seas de ello. Desde nuestra perspectiva no física, miramos la historia como acontecimientos que pasan a través de la consciencia. Para nosotros no son días que pasan, controlados por vuestros relojes. Cuando me preguntas sobre un año específico, tengo que escoger un punto de referencia y calcular hacia atrás los años hasta llegar a ese evento en particular. Si preguntas a otro, puede que obtengas una fecha diferente dependiendo del punto de referencia y el peso de la consciencia fluctuante. La mejor forma de medir los "niveles" de consciencia es observar las invenciones y el arte. Cuantas más invenciones y obras de arte produce una época, tanto mayor es el nivel de consciencia."

"Si la Atlántida es o fue América, ¿son los indios nativos descendientes de los habitantes de la Atlántida?"

"Podrías decir que la mayoría de las personas en la Tierra hoy en día son sus descendientes. Al final de la época de la Atlántida, el cuerpo humano fue alterado y se crearon siete razas - cuatro razas normales y tres razas dominantes. La inteligencia fue también mejorada. Las tres razas dominantes han desparecido debido a la reproducción exclusiva entre ellas, porque querían mantenerse puros. En Lemuria nos encarnamos en todo tipo de cuerpos, algunos pequeños y otros muy grandes; algunos que se parecían a los de los animales y otros que parecían más humanos. Los habitantes de la Atlántida escogieron al Homo Sapiens como prototipo para todas las personas."

"¿Así que la teoría de que venimos de África no es correcta debido a las alteraciones que se hicieron durante la época de la Atlántida?"

"Bueno, pues como la vida y los humanos se desenvolvieron por todo el globo, esa teoría no es aplicable. Es como las invenciones, aparecen en varios sitios a la vez. Están en la consciencia de la humanidad."

"¿Encaja esto con la descripción de Platón, la que tomó de Egipto?"

"Bueno, sí. La historia habla sobre la tierra donde estaba situada la ciudad de Tien, con sus templos y escuelas, que se encontraba al este de lo que ahora es Cuba, como ya dije. Al oeste de la Atlántida, existía una tierra enorme que puede en realidad llamarse un continente. Por supuesto, esto es América. La tierra sobre la que los egipcios hablaron con Platón, sólo era la zona con los templos, donde personas con grandes aptitudes condujeron muchos experimentos. No había ninguna creencia religiosa en aquel entonces.

"Alteraron el ADN utilizando cristales; eran usados en parte como pinzas magnéticas, trabajando directamente en un cromosoma."

"¿Cómo era esto incluso posible?"

"Como ya te dije, la consciencia estaba acostumbrada a trabajar con cristales, y SABÌAN lo que hacían. Hoy en día sólo se usan métodos mecánicos, químicos, y marcadores para manipular genes. No hay ninguna magia en esto; la humanidad simplemente se ha olvidado de ser consciente porque está enfocada en el mundo físico. Lo que ves y sientes es real. Hoy en día las cosas tienen que ser tangibles para que tengan alguna utilidad. No fue tan difícil porque todos los mamíferos tienen un ADN similar, con muy pocas diferencias."

"Por lo menos algunas de estas personas debieron ser muy inteligentes para hacer esto."

"Ah, no; sólo tenían que SABER que se puede hacer y saber dónde mirar en el genoma. No es suficiente creer en ello solo porque alguien te lo dice. Mira por ejemplo los habitantes de Lemuria; no eran inteligentes, y sin embargo SABÌAN como funciona el universo; lo sabían todo sobre el sistema solar y las galaxias. Tenían un conocimiento universal. Tal como tenían conocimiento sobre "lo externo", también tenían conocimiento sobre "lo interno"."

"¿Por qué no tenemos ese conocimiento hoy en día?"

"Parcialmente debido a que ahora la humanidad está enfocada en sobrevivir y acumular riquezas, en el amor y el poder, y parcialmente debido a bloqueos que fueron implantados en el cerebro en los últimos años de la época de la Atlántida, cuando la unificación tomó un rumbo erróneo y se convirtió en algo controlador y manipulador. Un grupo selecto de personas recibieron una banda para la cabeza como símbolo de prestigio, pero en realidad fue diseñada para controlarlos. Estas bandas podían al mismo tiempo controlar o mejorar a las personas. Fíjate en las coronas de los reyes, por ejemplo."

"Hoy en día no usamos esas bandas, y nuestros cerebros no han cambiado, así que, ¿qué es lo que anda mal?"

"Las alteraciones, a través de los milenios, se han introduciendo en la consciencia de masa, y ahora todo el mundo está afectado. Sin embargo, puedes remover estos bloqueos a través de una elección consciente."

"La consciencia de masa es la consciencia de toda la humanidad, ¿no?"

"Sí, es una consciencia artificial derivada de las experiencias de la humanidad a través de los milenios. Ha tomado vida propia. Algunos lo llaman "El Pequeño Dios", porque manipula y toma su fuerza de la humanidad, como un dios vengativo que espera ser alabado y admirado - un ejemplo perfecto del ego humano."

"¿Cómo pudo todo ese conocimiento del que has hablado haber desaparecido?"

"A medida que las personas se volvieron más y más sedientas de poder, los sabios de las comunidades fueron escondiendo este conocimiento con el tiempo, y así se volvió un secreto. Algunos de estos secretos tuvieron que ser escondidos a plena vista, para que los que fueran suficientemente conscientes para usarlo pudieran encontrarlo. Un buen ejemplo de esto son las historias de los dioses egipcios; son instrucciones para manipular los genes. Es por eso que mantienen esas relaciones extrañas y un comportamiento tan raro. Fíjate sólo en las historias sobre Horus, y el ojo de Horus. Debes saber que no tuvieron la intención de esconderlo de las personas en general; fue escondido para proteger a las personas de ser abusadas por aquellos que ostentaban el poder."

El Grande Éxodo de Lemuria

Imhotep me cuenta más sobre la Atlántida y Lemuria.

"Hawái era el centro de Lemuria, puesto que aquí era donde se encontraba el Templo de Rejuvenecimiento, en la montaña, cerca de la cima. La mayoría de los habitantes de Lemuria estaban instalados ahí, sin deseo ninguno de abandonar sus tierras. Estaban contentas de vivir de la tierra y trabajarla. En un momento dado algunos de ellos decidieron buscar nuevas tierras, por diferentes razones. No quisieron ir hacia el oeste porque Asia formaba parte del mundo de Lemuria. La forma más fácil de salir de Hawái era siguiendo las corrientes hacia el norte y después noroeste hacia las américas durante los últimos meses del año. Los fenómenos atmosféricos de El Niño y La Niña también contribuyeron. Aquí encontraron nuevos sitios para vivir. Lo llamaron Alt, lo que conoces como la Atlántida."

He estado investigando un poco sobre genética, para ver si podía encontrar algo que apoye esta expansión desde Lemuria hacia la Atlántida. Los estudios más interesantes que he encontrado fueron resultados que mostraban que las américas estaban pobladas ANTES de las invasiones de Beringia, que es el puente terrestre entre Siberia y Alaska, que comenzaron 19.000 años antes del momento presente; a esto se le llama la teoría corta de la cronología. La teoría de la cronología larga dice que las invasiones comenzaron entre 21.000 y 40.000 años antes del momento presente, seguidas de invasiones muy posteriores.

TODOS los amerindios (nativos americanos) tienen genes comunes que no incluyen los athabascanos e inuindos (de Beringia y Siberia). Esto indica que la introducción de estos genes ocurrió más tarde, fue DESPUÉS que la población de América se volvió homogénea. Otra indicación de esto es que los amerindios Lakota-Sioux que habitaron el norte de los Estados Unidos no están relacionados con los asiáticos y siberianos del oeste, sino con los americanos del centro y sur. Algunos genes nuevos, cuatro loci haplotipos extendidos (término genealógico), han sido encontrados sólo en grupos específicos de amerindios y habitantes de Aleut (una porción de la península de Alaska) y en ninguna otra población amerindia o del mundo. He añadido un enlace sobre esto al final del libro en "fuentes".

El nivel global del mar ha subido más de 120m, desde el final del último período glacial hace alrededor de 21.000 años. Esto significa que el cambio atmosférico extremo no es solo debido a los volcanes, terremotos y el clima extremo, sino también debido a la subida del nivel del mar, que cubre un gran número de vestigios del violento periodo donde los habitantes de la Atlántida buscaron refugio debajo de la tierra.

Hoy en día hay mucha más agua cubriendo la tierra, así que no es sorprendente que de vez en cuando encontremos construcciones hechas por el ser humano debajo del mar.

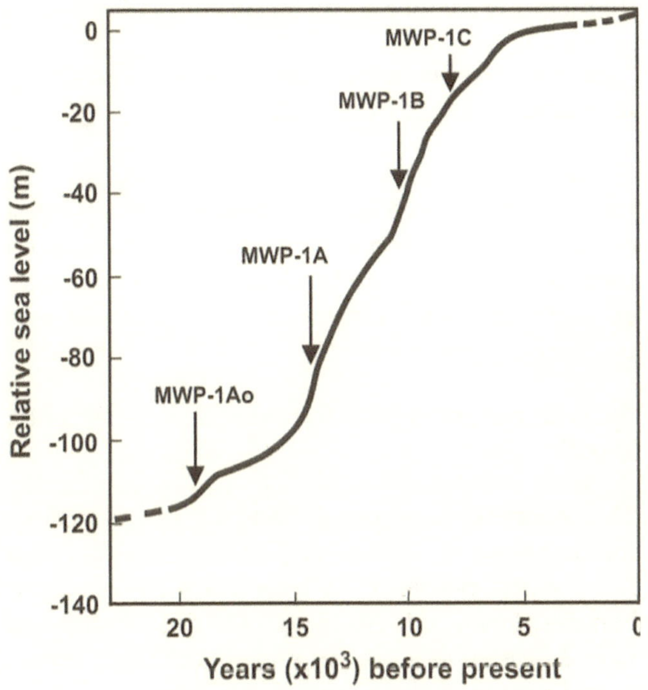

Ilustración de NASA.
Ver enlace al final del libro en "fuentes".

Imhotep me cuenta sobre los exploradores que abandonaron la vida segura y mundana de las zonas de Lemuria.

"Incluso los "nuevos" habitantes de Lemuria preferían vivir en islas, así que la nueva ciudad de Tien, que estaba al noreste de donde está Cuba hoy en día, fue el símbolo y el centro "intelectual" de la Atlántida. La Atlántida tenía siete regiones autónomas sin nadie que los gobernara, sólo un consejo."

Hago una pregunta a Imhotep que se me ha ocurrido mientras contaba su historia.

"¿Usábamos más de nuestro cerebro en Lemuria y la Atlántida que hoy en día?"

"Estáis usando el ciento por ciento de vuestro cerebro. La naturaleza es muy eficiente, no deja nada en estado latente. Son los seres humanos los que no usan su capacidad cerebral/mental de forma muy eficiente. Es como si usaras sólo un pequeño porcentaje de tu ordenador."

"¿Cómo percibían los habitantes de la Atlántida a Dios?"

"No tenían un concepto de Dios durante el inicio y mediados de su existencia. Vivían dos vidas, una física y otra no-física. La vida física, cuando estaban despiertos, y la no-física, cuando dormían. La vida de los sueños era tan real como la que vivían cuando estaban despiertos. Los sueños eran diferentes entonces, simplemente porque la conexión a esas "dimensiones" era más clara, tal como lo era la consciencia humana. Puede que hayas oído que los nativos de América del Norte, hace unos cien años, creían que lo que soñaban era "real". Con su comprensión limitada y los cambios en el mundo de los sueños, así como los filtros que tenían en su estado de vigilia, a menudo reaccionaban actuando de forma peculiar en relación a sus sueños cuando despertaban de forma inapropiada. Habían olvidado lo que eran los sueños verdaderos o visiones. Los sueños SON reales, pero nuestra mente la mayor parte del tiempo sólo puede manejar información tridimensional a través de nuestros sentidos. La información que recibimos, la mente la compara con memorias y conocimientos, y a menudo la descarta si no encaja con su base de datos mental. Es por eso que los sueños no hacen sentido. No hacen sentido porque nuestros sentidos no pueden interpretar la información si no la conoce de antemano."

"Sé que estoy saltando de un lado a otro con mis preguntas, pero hay tanto que me gustaría saber; así que ¿puedes decirme algo sobre antes de Lemuria?"

"Si tomamos el inicio de Lemuria como el momento en que empezamos a encarnar, puedo contarte un poco de lo que ocurrió antes de eso. La vida en la Tierra tuvo que comenzar cinco veces antes de estar preparada para evolucionar. Cuando el reino animal llegó a su apogeo, las almas de los seres humanos comenzaron a unirse a ellos como pasajeros, primero con los delfines. Más tarde encarnaron en cuerpos de animales."

Siento que nuestra conversación ha terminado por ahora, pero que más tarde me será dada más información.

Saint Germain

Estoy en mi apartamento. Otra vez me despierto cuando la alarma de mi reloj marcando las 7:11, y ahora estoy en la ducha.

Saint Germain y and the Violet Flame (la Llama Violeta); ¡también rima! ¿Por qué me vienen a la cabeza estas palabras?

"¡Porque es así como decido presentarme ante ti en este maravilloso día!"

Se me saltan las lágrimas de emoción, al sentir la sonrisa de este ser tan lleno de amor, me toca el corazón.

"Uno de mis amigos está interesado en la Llama Violeta, pero nunca ha significado nada para mí."

"Así está bien, no estoy aquí para hablar de la Llama Violeta; sólo es un aspecto de aquello que SOY, o mejor dicho, una forma a través de la cual trabajo."

"¿Por qué escoges hablarme mientras estoy en la ducha?"

"El agua purifica de muchas maneras, y el acto de purificar y limpiar, trae mucha alegría tanto a tu mente como a tu cuerpo. Cuando eres feliz, te abres e invitas energías y consciencias alegres para unirse a ti. Únete a la alegría*!" (Juego de palabras en inglés "Join in the joy", donde "join" y "joy" se pronuncian igual dando a entender que "join", que significa unirse, está formado por "joy", que significa alegría).

"No me pareces una presencia invasiva."

"Como sabes, la consciencia no tiene género, y es así como me presento, no como hombre o como mujer. Te siento como la consciencia que eres; no veo tu cuerpo. Y puedo decirte que tu cuerpo de luz es mucho más bonito que el cuerpo humano que usas en esta vida."

"¿Sobre qué viniste a hablar conmigo?"

"Has estado pensando en tu padre, Carl, y en lo que está haciendo por Ju-long y su familia, para allanar vuestro camino. Estos pensamientos traen consigo episodios de otras vidas en los que yo también estuve envuelto, y por eso he sido invitado. A Carl Cane nunca le ha gustado su apodo "CC", que puede fácilmente ser pronunciado como "blandengue" (blandengue en inglés es "sissy" y "CC" en inglés se pronuncia como una doble ese y suena como sissy). Pero si miramos sus iniciales de cerca, la historia se convierte en otra totalmente diferente, como vas a ver. La letra "C" es la tercera letra del alfabeto. Si miras "CC" como el número 33, verás que es el número maestro de Cristo, o la energía de cristal, o la consciencia crística, y es esto lo que caracteriza a tu padre: una consciencia clara y una compasión genuina. Es más, en numerología el número 3 es el catalizador, y eso es exactamente lo que es tu padre. Sólo mira lo que está haciendo en su vida: su negocio y sus inversiones hacen posible muchas cosas en el mundo, y de una manera positiva."

"No sigo el trabajo de mi padre detalladamente, pero supongo que inviste sobre todo en áreas humanitarias."

"Por cierto, el nombre "Carl" significa "hombre libre". Y hablando de hombres libres, puedo decirte que ambos, tú y tu padre, fuisteis constructores en otra vida ("Constructores" en inglés se dice "freemasons" que incluye la palabra "free", libre, o hombre libre, o constructor libre).

El cayado que usaban es un cetro, y no es para agarrarte a él, sino para ser usado como una herramienta para guiar e iluminar el camino. ¿Te acuerdas del cetro de Gandalf en la película El Señor de los Anillos? La luz situada en lo alto del cetro que guía el camino es tanto para el que lo lleva como para los que lo siguen.

De cierta forma ese es el motivo por el que eres la luz en la vida de tus padres. Fue un mensaje para ti, una palabra clave, para despertar algo en ti, fue un acuerdo que hiciste antes de nacer. Eres un cetro de iluminación, un farol. Tu consciencia despierta iluminará al resto de la humanidad. La luz son ideas nuevas y una compasión nueva para todos. Tu luz brillará sobre todas las ideas y conceptos que ya se encuentran en la consciencia de masa."

"Eso se parece a lo que Josela y Loong me dijeron, y es algo que siento de forma muy vívida."

"Ves, es POR ESO que estamos hablando. Debes SABER que es así como funciona y que este ES tu verdadero trabajo, si quieres verlo como un trabajo.

"Hemos estado trabajando con la consciencia de masa muchas veces con anterioridad, y en diferentes encarnaciones. La consciencia dio un gran salto durante el Renacimiento en Europa y justo después del final de la II Guerra Mundial. Aunque fueron épocas muy crueles, dieron lugar también a un crecimiento de la empatía. Esta expansión de la empatía mostró que todavía había esperanza para la evolución de la humanidad."

"Así que, ¿es de eso de lo que se trató realmente la II Guerra Mundial?"

"Eso, y mucho más – podemos dejar ese tema para otro encuentro. Ahora te voy a dejar, pero seguiremos en contacto."

"¿Cuándo vas a visitarme otra vez?"

"No lo mires como una visita. Estamos tan sólo a una respiración de ti, ¡y en realidad NUNCA ESTÁS SOLA!"

"Y eso es debido a que la consciencia no es un lugar o una energía, como todos vosotros me habéis explicado."

"¡Así es!"

Que encuentro tan especial y maravilloso. Tengo tantos amigos nuevos y verdaderos últimamente; amigos que simplemente aparecen y a los que siento que conozco desde siempre, y probablemente es así, sólo que no soy consciente de ello.

He terminado de ducharme y estoy ahora mirando mis emails, sentada confortablemente en mi sofá con mi ordenador portátil.

He recibido fantásticas noticias de Ju-long y su familia. Les han prometido a sus abuelos un apartamento pequeño en una residencia de ancianos, pagado en parte por la seguridad social y en parte por una entidad privada.

Un mensaje de texto hace sonar el timbre de mi teléfono. Es mi hermana Anna.

"¿Estás preparada para recibir una visita esta tarde? Johanne/Jo-Ann viene también. Ella es de Dinamarca. ¡Podríamos traer comida para llevar!"

No he visto a mi hermana desde hace algún tiempo, y puedo volver a casa temprano hoy, así que le digo que sí.

"Las dos sois bienvenidas. ¿Qué tipo de bebidas preparo?"

"¡¡¡Todo va bien con comida china!!! Nos vemos. Abrazos, Anna."

Comida china, entonces. Por mí, bien - crecimos con comida china, al igual que con cocina internacional, en parte debido a las niñeras de diferentes partes de Europa, y en parte porque papá trajo algunas recetas interesantes de sus viajes de negocios por todo el mundo. El disfrutaba de cocinar con nosotros. Toda la familia llenaba la cocina con papá como el chef. Es uno de mis mejores recuerdos de infancia.

Anna y su amiga llegan a las cinco de la tarde trayendo dos grandes sacos de plástico que dejan escapar olores maravillosos. Anna me da un cálido abrazo con su brazo libre. Su amiga está justo detrás de ella y me sonríe amablemente y también me abraza. Es rubia, no muy alta y un poco llenita, pero no demasiado. Lleva un abrigo verde de algodón que le llega por debajo de las rodillas, una bufanda verde y botas negras con algo de tacón.

"Soy Johanne, pero aquí en el Reino Unido soy Jo-Ann; es más fácil de pronunciar."

"Deja los sacos en la mesita de café de la sala."

Me parece más acogedor y menos formal sentarnos en la mesa pequeña, y ya he preparado tres lugares con vasos en el centro de la mesa, para las bebidas.

Cuando Jo-Ann cuelga su abrigo, veo que lleva pantalones beige y una camisa azul con botones.

"Jo-Ann, pruébate las zapatillas de debajo del perchero, alguna te puede venir bien."

Anna tiene el pelo castaño medio y un cuerpo más redondeado que el resto de la familia - probablemente una combinación de genes de familiares distantes, y un apetito voraz. Tal vez eso también explique los sacos grandes de comida. Lleva pantalones vaqueros azules, un jersey hecho a mano de color beige y tenis azules con la suela blanca. Anna siempre está interesada en mis trabajos.

"¿En qué estás trabajando ahora?"

"Todavía estoy investigando para mi libro sobre personas diminutas y espíritus de la naturaleza. Estaba ahora leyendo acerca de supersticiones sobre el poder de la naturaleza en China. Es interesante ver como se parecen el folclore de Europa, especialmente el de Irlanda, con el de China."

Jo-Ann me hace una pregunta.

"¿No es difícil leer chino con todos esos signos?"

"Ah, pero yo no leo en chino. Es un libro antiguo escrito en Hong Kong en inglés en 1.876. Está ahí en mi tablet si lo quieres ver."

Enciendo la tablet y se la doy a Jo-Ann. Después de un rato levanta la vista muy excitada.

"Estoy justo ahora leyendo sobre una bandera que cae del cielo con un signo en particular sobre él. Me recuerda a la historia de cómo apareció la bandera de Dinamarca. Ocurrió en una batalla en Estonia al principio del siglo XIII, donde un trapo rojo o marrón cayó del cielo. La historia china no habla de los colores, pero el signo es un cuadrado con una cruz en el medio. Dice que es el signo de Tien."

"¡Busquémoslo!" dice Anna, que siempre es muy dinámica.

Después de buscar un rato se me ocurre una idea.

"Debe ser el símbolo, Tián, que significa "campo". Parece un campo con canales de irrigación."

En la página de la derecha del libro vemos el símbolo 田.

Los ojos de Jo-Ann se agrandan.

"¡¿Qué?! Dinamarca significa el campo de los canales. La palabra danesa "mark" quiere decir campo."

Por casualidad miro la otra página donde hay otra palabra pronunciada un poco diferente.

"Tiān (天) es uno de los términos más antiguos para cielo. Me acuerdo que el centro científico de la Atlántida se llamaba Tien."

Anna no comparte nuestro entusiasmo.

"A mí me parece una mera coincidencia, con cruces, campos y banderas cayendo del cielo."

Pasamos una velada estupenda, y para mí siempre resulta maravilloso pasar tiempo con Anna, lo que acontece demasiado poco.

Sintiendo Tu Realidad

Me llega un mensaje de texto. Es de Ju-long.

"Finalmente, todo está listo, y mis abuelos pueden trasladarse al hogar para ancianos. ¡Fantástico!"

"¡Eso es genial! ¿Necesitas que esté ahí?"

"¡Sí! Pero no para ayudar, ¡es que te echo terriblemente de menos!"

"También te echo de menos. Voy a mirar mi calendario para ver cuando puedo ir a Hong Kong."

"¡Eso es fantástico, Luzi, cariño! Hablamos más tarde."

Me llega otro mensaje de texto. Es de mi padre.

"Acabo de recibir un mensaje de Hong Kong: los abuelos de Ju-long pueden trasladarse a la residencia para ancianos, ¡y ya podemos hacer los últimos preparativos!"

"Sí, acabo de saberlo por Ju-long. Voy a hacer un viaje corto a Hong Kong tan pronto como me sea posible. Gracias papá. Dile hola a mamá. Abrazos, Luzi."

Estas son muy buenas noticias. Todo parece estar resolviéndose. Ahora Ju-long podrá venir a Londres pronto. Estoy realmente ansiosa de estar con él.

Consigo un pasaje de última hora para la isla de Hong Kong. Hace bastante calor y, con el sol dando directamente sobre el autobús, el aire acondicionado está teniendo problemas en mantener la temperatura a un nivel tolerable. Usar el autobús me conecta de forma diferente a la zona, mejor que si hubiera cogido un taxi. Espero que los abuelos de Ju-long puedan adaptarse a su nuevo ambiente. Hay empleados ahí para atenderlos, en el caso d que necesitaran de ellos, y tienen autobuses pequeños para llevarlos de compras y para hacer pequeñas excursiones de placer.

Loong aparece en mi consciencia y me bendice y envía un sentimiento cálido a mi corazón. Nos saludamos; no con palabras sino con sentimientos.

"Ahora estás otra vez de camino a Hong Kong. Esta vez sintiéndote diferente, o con una energía diferente, se podría decir, de las últimas veces."

"Sí, me siento un poco inquieta. ¿Hay algo de lo que debería preocuparme?"

"Oh, no, NUNCA deberías preocuparte, y todo va a salir bien, ya verás."

"¿Entonces cómo es que tengo este sentimiento de que hay algo que no va bien?"

"Estás sintiendo la incertidumbre que Ju-long, junto con su madre y sus abuelos está sintiendo, porque toda su vida está a punto de cambiar. y los cambios, como sabes, pueden ser asustadores."

Quiero ver a Loong, así que cierro mis ojos y abro

mis ojos conscientes, si se puede decir así, sintiendo el sol cálido mientras estoy sentada en el montículo con Loong a mi lado. Me acerco a él, y junto mi espalda a su costado peludo, usándolo como un cómodo espaldar. Ronronea y continúa.

"Aparecen nuevas oportunidades cuando se elige cambios en la vida. Viejas posibilidades desaparecen, sencillamente porque no encajan ya en las nuevas "energías". Se crea un espacio, o un vacío, por así decirlo, disponible para que puedan llegar cosas nuevas y más sintonizadas a ti. En el caso de sus abuelos, también existe la posibilidad de dejar completamente sus vidas y volver a su estado no-físico natural de consciencia pura, aquello que vosotros los seres humanos llamáis muerte. La muerte es simplemente un cambio de consciencia y puede ocurrir con gracia y paz. El miedo viene de la parte humana."

Sentada aquí bajo el sol, sintiendo todo lo que me rodea en este mundo mágico de Elvendale, desearía quedarme aquí para siempre. Loong me siente.

"Te QUEDAS aquí para siempre; una parte de ti está SIEMPRE aquí, y tú, la consciencia, puede "estar" en todos lados al mismo "tiempo". Perdona que use tantas comillas, pero no hay ningún ESPACIO donde ESTAR o SER, y no hay ningún TIEMPO."

"¿Y qué pasa con la madre de Ju-long? ¿Qué le espera en su nueva vida?"

"Siente esto por ti misma y dime que sientes."

Aparecen sentimientos, pero es difícil transformarlos en un concepto mental, en palabras. Es difícil estar en dos mundos al mismo tiempo - el mundo natural o consciente y el mundo artificial de la mente humana. Loong me ayuda con una sugerencia.

"Imagina que eres una vidente leyéndole el futuro a tu cliente, en este caso la madre de Ju-long."

Me cambio al personaje de vidente e inspiro profundamente de forma imaginaria.

"Bueno, como otros están cuidando de tus padres ahora, tienes una gran libertad, lo que permitirá la entrada de mucha más energía en tu vida. Con este excedente de energía escogerás cosas que antes no te habrías sentido capaz de manejar. Estas vivencias nuevas te darán aún más energía, y esta comenzará a moverse como una espiral en tu vida. Siempre y cuando consigas mantenerte equilibrada y no quemar más energía de la que aceptas en tu vida, te sentirás feliz y alegre."

"Muy bien, ¿y si ella te preguntara sobre romances en su vida?"

"Hmm, normalmente no me gusta ir por ese camino, pero déjame ver que siento.

"Cuando te sientas feliz atraerás personas felices o contentas consigo mismas y sus vidas. Personas que mantendrán relaciones por los motivos correctos, que quieran compartir contigo, y no alimentarse de tu energía."

"Excelente Luzi."

Me siento empujada de vuelta a mi existencia humana por una conmoción, cuando algunas personas tienen que bajarse del autobús unas paradas antes de la mía. Me despido de Loong, y me preparo para bajarme del autobús.

Ju-long me está esperando en la parada del autobús; nos damos un abrazo cálido y un beso rápido. ¡Está deslumbrante! Coge mi maleta pequeña, y me parece natural dejar que lo haga, sin sentirme culpable o protestar por ello, haciendo notar que puedo llevar mis propias cosas. Loong hace un comentario sobre esto.

"Te has abierto a recibirlo en tu vida, y él se ha abierto a compartir su vida contigo. Está demostrando que ahora sois NOSOTROS, sin diferenciar tus cosas de las suyas."

Sonrío y tomo la mano de Ju-long. Me siento muy feliz y despreocupada en mi corazón. Andamos a mi hotel, y me inscribo en él. Sólo me lleva unos minutos; después volvemos a salir al sol, dos pajaritos enamorados dando saltitos por la acera, en camino a visitar a mis abuelos.

En los últimos años he visitado a mis abuelos dos veces por año, y siempre me ha parecido que estaban cada vez más envejecidos. Últimamente, durante este año, mis visitas han sido más frecuentes, por eso al abrazarles no veo diferencia ninguna desde la última vez que los vi. Es reconfortante, pero sólo es una cuestión de tiempo hasta que mis abuelos estén en la misma situación que los de Ju-long, y necesiten por lo menos algún tipo de ayuda.

Estoy segura de que mi padre ha hecho preparativos para esa eventualidad; tengo que preguntarle la próxima vez que hablemos.

La visita dura poco. Ju-long y yo tenemos que ir a su apartamento y el de su familia. La residencia para ancianos ha facilitado una camioneta y un conductor para llevar sus cosas a su nuevo hogar. Es un buen servicio este que proporcionan, diría yo. Mi abuela nos dice que mi abuelo se ha quedado dormido en su sillón, por eso es sólo ella quien nos da la bienvenida. La conmoción despierta a mi abuelo, y se une a nosotros a la pequeña mesa redonda para tomar té y panqueques. Me recuerda a mis años de juventud, cuando iba a visitarles después de la escuela. La misma atmósfera; una habitación cálida con el sol entrando por las ventanas, el olor a té aromático, aceite caliente, y un suave olor a detergente, porque la abuela siempre mantiene el apartamento impecable.

Pronto estamos de nuevo en la calle, y Ju-long me habla sobre la visita.

"Siempre me ha gustado visitar a tus abuelos. Hay tal armonía y luz, incluso en los días lluviosos. Es muy especial."

"Eso es porque sientes más allá de sólo el apartamento, sientes las cosas y las personas que están ahí. Usas más que tus cinco sentidos. Tu consciencia siente las energías y los sentimientos que se han ido acumulando a través de tantos años - el amor, la compasión, la determinación, y la fuerza humana. Aquí sientes amor, y no sólo de una persona hacia otra, sino también el amor a la vida en sí. Es lo que falta en tu casa."

"¡Llevas razón! ¿Pero cómo sabes estas cosas?"

"Verás, es que es diferente a como tú percibes la vida. Yo SIENTO que esto es así, lo cual es diferente a saberlo en mi cabeza. Está fuera de la mente de grupo."

Llegamos al apartamento al mismo tiempo que el pequeño camión amarillo, con la insignia de la residencia de ancianos, para enfrente de él. El reloj acaba de dar las dos de la tarde. Ju-long habla con el conductor, un señor mayor con un uniforme amarillo claro también con la misma insignia, y nos sigue al apartamento donde los abuelos de Ju-long nos están esperando con sus pertenencias. Su madre me abraza. Parece como si estuviera incómoda con la situación. Hemos cargado todo al camión, ahora voy de pasajera en la camioneta, y Ju-long nos sigue en un taxi con sus abuelos. Su madre se queda en el apartamento para arreglarlo y limpiar un poco. Irá a visitar a sus padres más tarde. Las habitaciones parecen un poco más grandes ahora que algunas de las cosas ya no están, y siento que ahora resulta más fácil respirar aquí. Una buena limpieza y aire fresco hará milagros en el pequeño apartamento.

Después de que los dos se han instalado y los hemos dejado en las manos cuidadosas de los empleados de la residencia, Ju-long y yo vamos por comida para llevar y volvemos con su madre. Parece cansada, así que después de cenar y tomar el té, sugiero a Ju-long que vayamos a la playa.

De camino a la playa hablamos sobre cuestiones prácticas en relación a su traslado a Londres. Mi apartamento es suficientemente grande para los dos, pero ambos sentimos que todo ahí será "mío", mis cosas, y mi forma de organizarlo todo, y que será él quien tenga que adaptarse a ello. También necesitará una visa, un permiso de trabajo y una beca de estudiante. Empezará con el permiso de trabajo a primera hora de la mañana.

Alcanzamos el comienzo de los escalones que bajan a la playa, y Ju-long me pide que vaya primero. Bajando siento sus ojos en mi trasero, y me gusta. En la playa disponemos de algunos minutos a solas, besándonos y abrazándonos antes de ser interrumpidos por otras personas. Ju-long me coge de la mano y mientras caminamos vuelve a nuestra conversación de la tarde.

"He estado pensando en eso que dijiste sobre sentir, cuando hablamos sobre la diferencia en el ambiente entre el apartamento de tus abuelos y el nuestro. ¿Podrías explicarlo mejor? Siento como si hubiera todo un mundo allá afuera que me estoy perdiendo."

Para responderle tengo que sacarme del maravilloso estado en el que estoy flotando.

"Hasta cierto punto estás usando tus sentidos más elevados; simplemente no eres consciente de ello, y este es realmente el punto, es decir, ser consciente. Tienes tus sentidos humanos y tus sentimientos humanos; todos están relacionados con el cerebro."

"¿Mis sentimientos están relacionados con mi cerebro? Yo pensaba que los sentimientos estaban relacionados con el corazón, o algo así."

Me pregunto cómo de lejos puedo llegar explicándole esto a Ju-long, un hombre que está tan enfocado en que su cuerpo y su mente es todo lo que es.

"Los sentidos están directamente conectados al cerebro a través del sistema neurológico; la vista, el olfato, el oído, el gusto y el tacto. Los sentimientos, o a lo mejor debíamos llamarlos emociones, están conectados con hormonas especiales, los péptidos, que son producidas principalmente en el cerebro. Cada emoción tiene su propio péptido. Una emoción empieza en el cerebro, lo que produce un péptido, que después es libertado en la corriente sanguínea y enviado por todo tu cuerpo, influyendo todas las células que tienen receptores para ello. Debería añadir que tienes neuronas, células cerebrales, por todo tu cuerpo, incluyendo tu corazón."

"¿Y entonces que me dices de sentir más allá del cerebro?"

Ahora empieza a complicarse. ¿Cómo puedo hablar de algo que la mente realmente no puede entender? En ese momento siento una conexión profunda y noto un toque que viene de Loong, pero también de muchos otros. No estoy sola en esto, y mis amigos me proveen con su apoyo.

"Te daré la versión corta por ahora, porque sé que volveremos a hablar sobre esto en profundidad más tarde."

"Corto está bien."

"La respuesta es ser consciente. Puedes verlo como una capa que está por encima de tu mente, pero aun así conectado energéticamente a ella. Puedes decir que es aquí donde está tu intuición. Aquí sientes el mundo que te rodea, mientras tu mente recibe información de tus sentidos corporales, a la vez que produce emociones. Como puedes ver, estoy distinguiendo entre sentimientos y emociones. Las emociones vienen de la mente, y los sentimientos vienen de tu consciencia."

"Espero que no haya más en la versión corta. ¡Ya me he perdido!"

"Eso es todo amigos, y realmente preciso de descansar ahora."

"Claro, te acompaño al hotel, y aún tenemos tres días más hasta que tengas que volver a Londres."

Nos besamos largamente hasta que me escabullo por la puerta y entro en el vestíbulo del hotel. Digo buenas noches al soñoliento portero y voy a mi habitación. Sorprendentemente me siento totalmente despierta y llena de energía tumbada en mi cama. Agradezco a todos los que me han ayudado hoy, especialmente en mi conversación con Ju-long. Tuvo que ser una explicación sencilla y a la vez contener la energía o consciencia que proveerá la totalidad de la información que permanecerá con él hasta que esté preparado para trabajar estas cosas en profundidad.

Inmediatamente siento una ola de amor, por así decirlo, y el mensaje, ¡" De nada!"

Con lágrimas en los ojos y amor en mi corazón, me duermo con la sensación de que ha sido un día glorioso.

Encuentro con la Tierra y el Sol

A la mañana siguiente Loong empieza a hablarme antes siquiera de abrir los ojos, todavía en ese estado entre el sueño y la vigilia.

"Quiero comentarte una cosa sobre ayer. Por la noche primero te sentiste cansada; eso fue debido a las muchas impresiones que recibiste a través de tus sentidos, así como emociones y pensamientos. Más tarde en el hotel, cuando dejaste atrás todo ese ruido, te sentiste llena de energía porque canalizaste mucha información a Ju-long. Sólo puedes canalizar mientras estás abierta, y cuando estás abierta, la energía fluye a través de ti, al contrario de la energía que está guardada, y que te previene de recibir más energía nueva en tu sistema."

"Me sentí muy concentrada y alerta. Pensaba mucho."

"Tienes que aprender a estar enfocada y relajada, en vez de concentrada y alerta - esto último te dejará sin energía y saturará tu cerebro."

"Intentaré pensar en esto, pero ahora mismo mis sentimientos por Ju-long están previniéndome de cualquier pensamiento coherente."

"No digo que no puedas disfrutar de tus momentos de locura, sólo quiero que seas consciente de lo que está pasando en tu sistema. De esta manera serás la observadora de tu vida, y tu parte humana puede estar tan loca de amor como quiera."

"¡Y como quiere!"

Dejo el hotel a las siete de la mañana para desayunar con Ju-long y su madre. La Sra. Yu está más relajada hoy.

"Te estoy agradecida por toda tu ayuda, así que por favor dale también las gracias a tu maravilloso padre, quien hizo posible este milagro."

La sincronicidad está funcionando, y como si la Sra. Yu hubiera anticipado una pista, recibo un mensaje de texto de mi padre.

"Es un mensaje de papá. A lo mejor hay algo en él que te pueda interesar."

La Sra. Yu está deseando complacerme.

"Por favor atiende el mensaje, y acuérdate de darle las gracias a tu padre."

Miro el mensaje con la esperanza de que sean sólo buenas noticias.

"¿Estás todavía en Hong Kong? Tengo que atender unos negocios ahí, y me gustaría también visitar a Ju-long y su familia para ver cómo van las cosas con su nueva situación."

"Estoy aquí y me iré en cuatro días. ¿Cuándo llegas?"

"Estaré ahí pasado mañana, alrededor de mediodía, espero. ¿Puedes avisar a la familia que iré a verlos?"

170

"Desde luego que sí. Tengo ganas de verte. ¿Vendrá mamá contigo?"

"No, esta vez sólo voy yo. Es un viaje corto, así que no tiene sentido que mamá vaya conmigo."

"Vale, nos vemos entonces."

"¿En qué vuelo regresas a Londres? Intentaré ir en el mismo vuelo. No te veo mucho."

Mi padre anota mi número de vuelo. Tengo ganas de verlo. Como bien ha dicho él, no nos vemos mucho.

Pongo de nuevo el teléfono en mi bolso, y me vuelvo a Ju-long y a su madre.

"Mi padre vendrá a Hong Kong pasado mañana. Es un viaje de negocios corto, pero vendrá a visitaros y a ver cómo os van las cosas en la residencia para ancianos. Va a intentar volver en el mismo avión que yo."

La Sra. Yu tiene una gran sonrisa, pero de repente desaparece, y mira el apartamento. ¿Está en condiciones de recibir una visita?

"No se preocupe, Sra. Yu; está bien así. Algunas flores en la mesa, un té aromático y algunas galletas, y se sentirá que lo estás recibiendo como si fuera de la nobleza."

Terminamos el desayuno y la Sra. Yu sale para ir a su trabajo en el centro comercial. Tenemos que persuadirla de que nos deje a Ju-long y a mí limpiar, pero por fin nos quedamos solos. Ju-long tiene que estar en la biblioteca a las diez, pero tenemos algo de tiempo para hablar de nuestro futuro en común.

Bueno, por lo menos esa era mi intención, pero pasamos la mayor parte del tiempo besándonos y abrazándonos, y estoy a punto de explotar de deseo, cuando la alarma de Ju-long suena indicándonos que es hora de ir a la biblioteca. Es un día caluroso, y estoy flotando sobre nubes imaginarias cogida de su mano, su olor en mi nariz y la lengua dolorida de rozarla contra sus dientes mientras nos besábamos. No hablamos. Le dejo en frente de la biblioteca y continúo mi camino hacia la casa de mis abuelos. Mi cuerpo está vibrando de todas las hormonas que aún lo están recorriendo.

En casa de mis abuelos, estoy lejos, perdida en mis pensamientos y sentimientos. Comprenden mi situación, y nos quedamos ahí sentados en la sala de estar disfrutando del calor del sol a través de las ventanas. Observo las sombras de las cortinas que se mueven lentamente por la mesa, al recorrer el sol su camino por el cielo.

Más tarde, damos un corto paseo a los escalones que bajan a la playa. Mi abuelo está teniendo un día bueno, pero no quiere bajar los escalones empinados. Yo, que no tengo ningún plan, decido dar un paseo por la orilla.

"Creo que voy a dar un paseo por la playa, probablemente vuelva a la hora del té. Si no, recogeré a Ju-long a las cinco de la tarde cuando haya terminado de trabajar."

Mi abuelo y mi abuela me sonríen y cogen mi mano.

"Han pasado muchas cosas en tu vida últimamente. Un paseo por la playa te sentará bien y aclarará tus ideas y tus pensamientos. Te veremos cuando sea."

Beso a los dos y desciendo a la playa pedregosa por los escalones, con árboles en ambos lados y el pasamanos de acero pintado de azul. La pequeña cascada a mi derecha hace algo de ruido. Cuando mis pies tocan la playa, siento la presencia de Loong.

"Ahora que estás andando por la playa, aprovecha para sentir la consciencia de este lugar. No me refiero a que uses los sentidos de tu cuerpo, sino tu consciencia sensorial. Como la manera en que sientes cuando estás en Elvendale. Puede que te lleve algo de tiempo acostumbrarte a este modo de sentir, puesto que estás acostumbrada a usar tus sentidos físicos."

Lo primero que siento es una sensación que proviene de las rocas que me rodean, no sólo de las piedras de la orilla, sino también de los cimientos de roca de la isla toda hasta dentro del mar. ¡Lo siento vivo; tiene consciencia! Paciencia, lentitud; como la vida de una montaña, desde el comienzo de su elevación de la tierra hasta su cima, y al mismo tiempo, su constante erosión. La roca no es dura en realidad, sino frágil, siempre en decadencia. Siento un ciclo como lava moviéndose lentamente, siempre cambiando.

"¡Es alucinante!"

"Ahora comunícate con las rocas, pero usa tu consciencia, no tu mente."

Abro mi consciencia sensorial, y casi caigo al suelo debido a una gran onda de amor que me llega. Sólo puedo describirlo como Amor de Madre. Me conecto con el planeta mismo. Las lágrimas me corren por la cara, y me siento sobre una gran roca lisa, que me hace recordar que las rocas son ciertamente moldeables. La energía que siento ahora es muy delicada y nutriente. Loong me susurra delicadamente.

"Todo lo que ahora has descrito como energía son en realidad sentimientos que has sentido a través de tu consciencia sensorial. Puedes llamarlo los sentidos de tu alma, en contraste a los sentidos de tu cuerpo. Los sentidos del alma son sentimientos, no sensaciones físicas o emociones."

"Entonces cuando veo una montaña, o incluso este planeta, no es lo que aparenta. Sólo es la forma con que se presenta en el mundo físico."

"Una montaña en el mundo físico no parece una montaña en mi mundo. Cuando miraste con tu consciencia, viste paciencia y lentitud. Esa es la imagen rudimentaria en el mundo de los Sidhe, o mejor dicho, la melodía o la canción de una montaña."

Estoy aquí sentada, sintiendo el mundo, permitiéndome relajarme y disfrutar de estar viva. Después de un rato unas gaviotas me llaman la atención, y miro la hora. Es hora de volver con mi abuela y ayudarla con las compras. Asiento al lugar conscientemente con la cabeza, como agradecimiento por la conexión, y me voy de la playa. Me encuentro con mi abuela afuera de la entrada del edificio. Se inclina hacia el carrito, y habla con el conserje, Mr. Wu. Saludo a ambos, y después mi abuela y yo nos vamos de compras, empujando yo el carrito. Después de las compras, de vuelta otra vez en el apartamento de mis abuelos, preparo una fiambrera para Ju-long y para mí, porque habíamos planeado en encontrarnos a la hora de su almuerzo en la biblioteca. Será una bonita sorpresa para él.

"Abuela, espero que los abuelos de Ju-long se adapten al hogar de ancianos."

"Sí, claro; les ha dado, tanto a su madre como a él, mucha más libertad para escoger lo que quieren hacer con sus vidas. Seguro que lo consiguen. El hogar de ancianos parece un buen sitio, con excelentes empleados."

Hago unos bocadillos y cojo dos botellas del ginger-ale casero de mi abuela, fruta y huevos duros. He empaquetado todo en una bonita cesta para que el contenido no se estropee. ¡Cojo incluso un mantel para que pueda ser un picnic de verdad!

"¡No te olvides de los cubiertos y las servilletas, Luzi!"

"¡Ah, sí, claro! Bueno los cubiertos no; no nos van a hacer falta."

"¡Y vasos!"

"Beberemos de las botellas."

Beso a mi abuelo, que está sentado en su sillón, y también a mi abuela, antes de salir corriendo por la puerta. Casi hago caer al Sr. Wu, quien por casualidad entra justo en el momento que abro la puerta.

"¡Lo siento, Sr. Wu, que tenga un buen día!"

"Que tengas un bonito día, Srta. Cane."

Llego a la biblioteca con tiempo de sobra y decido esperar afuera. Hay un pequeño espacio debajo del tablón de anuncios donde poder sentarme. Aunque la calle es estrecha, los rayos del sol pueden alcanzarme ahí. Decido conectar con el sol y, incluso antes de tener la certeza de si soy capaz de hacerlo, siento una ola de amor, igual que cuando me conecté con la Tierra.

"La Tierra es la dadora de vida desde abajo, y yo soy el dador de vida desde arriba. Sois todos amados por la madre Tierra y el padre Sol, aunque no seamos vuestros padres. Somos entidades, consciencia con un propósito, igual que tú."

Me siento sobrecogida y no sé qué decir.

"Te bendigo, sol."

"Bendiciones, querida. No me veas como una gran bola de fuego; esa es sólo una función que tengo. Como ya dije soy consciencia. Sé quién eres, y te he estado observando. No tu día a día, sino tu canción; podrías llamarlo la canción de tu alma, tu nombre verdadero, tus colores."

"Pero ¿cómo puedes estar observándome?"

"Ah, tú como persona piensas que eres demasiado pequeña para ser notada, y en ese sentido, llevas razón. Yo veo tu luz como el farol de luz que eres. Reconocí tu nombre en colores desde mucho antes de que te convirtieras en una entidad encarnada."

Me quedo sin palabras, y mi mente para. Todo lo que queda soy YO, y mi conexión con esta consciencia de amor. En este momento puedo sentir lo que soy, y no es sólo mi cuerpo, mi mente y mis sentimientos. ¡Que maravillosa experiencia pura de sencillamente ser, si se puede decir así!

Ju-long casi se cae, tropezando con mis pies cuando sale de la biblioteca.

"Estás llorando, ¿qué te pasa?"

"Son lágrimas, pero decididamente no estoy triste. ¡Estoy contenta! Y traigo el almuerzo, ¡así que encontremos un bonito lugar en el parque!"

Ju-long me da un largo abrazo y un beso rápido.

"Me tenías preocupado por un momento, Luzi."

Coge la cesta con una mano y mi mano con la otra, y vamos al parque de Waterfall Bay, que sólo es una tira de hierba con unos árboles y unos bancos de cemento pero que, al mirar para el mar, da la sensación de estar en la naturaleza. La sensación se estropea cada vez que una moto pasa por detrás de nosotros, o un barco contenedor pasa delante nuestra.

Disfrutamos de un bonito picnic, y me encanta es-

tar con Ju-long. Tengo tantas ganas de estar con él
en Londres. Nuestra conversación es ligera, y estamos simplemente aquí, disfrutando de la compañía del otro y de la comida.

Quan Yen

Después de acompañar a Ju-long a la biblioteca vuelvo a la playa. Veo varios objetos que han sido traídos a la orilla por el mar, la mayoría de plástico. Me pregunto por qué las autoridades no mantienen limpia la playa debajo del parque. Me siento en la misma roca lisa de esta mañana. Está bastante caliente del sol. Ahora me parece normal hablar con las piedras, con toda la playa de hecho.

"Perdona por la suciedad que estamos dejando sobre ti. Ojalá pudiera hacer algo."

"Puedes, pero no te sugiero coger una bolsa de plástico y empezar a recoger todos los objetos. ¡Tenemos personas para eso!"

Es Josela. Lo primero que reconozco es su perfume, y después veo su cara sonriente con mis ojos internos.

"Hola Josela, ¡qué bien que pasaste por aquí!"

"Como sabes, de alguna forma siempre estoy aquí, y esta es una oportunidad perfecta para que practiques un poco. Te voy a pedir que sencillamente reconozcas los objetos que no pertenecen a la playa sin hacer un juicio de valor sobre ello. Olvídate del pasado y el futuro; sólo existe este momento. Estoy a usar la palabra "objeto" para no hacer ningún juicio sobre ello, como lo haría si dijera "basura", ¡o incluso "mierda"!"

"Sí, puedo sentir la diferencia, y no me gusta la palabra "mierda"."

"Ahora imagina el aspecto que tendría la playa sin esos objetos. Después deja ir la visión y vuelve tu atención a mí."

Para mí es fácil imaginar la pequeña playa sin las botellas de plástico y las otras cosas. Después me vuelvo a Josela, y estamos ahora sentadas en una realidad alterada donde ella está sentada enfrente de mí en la playa.

"Que bien verte de nuevo, Josela. Han pasado tantas cosas desde la última vez que hablamos."

"Sí, ya lo sé, y no he estado espiándote."

"Ahora que los abuelos de Ju-long se han trasladado a la residencia de ancianos, todo parece más brillante, y con suerte, Ju-long puede ir a Londres pronto para que podamos vivir juntos."

"Te estás sonrojando, y tus ojos están brillando. ¡Es maravilloso de ver!"

"Vaya, gracias."

Puedo sentir mi cara enrojecer. Miro a los ojos de Josela. ¿Son hoy más bien azules en vez de verdes? No lo he dicho en voz alta, pero Josela me responde como si lo hubiera hecho.

"Sólo porque aparezca con forma humana, no quiere decir que no nos estemos encontrando como consciencias. Aquí no hay pensamientos, sólo consciencia. Y sí, ¿ya te has olvidado del pequeño altar a Quan Yen, aquí cerca?"

Aparece una mujer muy bella al lado de Josela, vestida con un quimono de seda azul brillante, su pelo negro atado detrás de la nuca.

"¡Saludos! Como puedes imaginar, soy Quan Yen."

"Hola. Claro que recuerdo el altar, pero siempre pensé que era una superstición tonta. Perdona."

"Bueno, lo veías de otra forma cuando eras más pequeña. Tuvimos unas cuantas conversaciones en aquellos días. No con palabras, sino a través de sentimientos. Me voy a retirar de este encuentro pero, como sabes, podemos conectarnos siempre que quieras, y nos volveremos a ver antes de lo que imaginas."

"Eso haremos."

Desaparece de mi vista, no de repente sino desvaneciéndose poco a poco. Su cuerpo había tapado dos hombres con uniformes de color beige que vienen hacia nosotras despacio desde el sur. ¿Qué es lo que están haciendo?

A medida que se acercan puedo ver que cada uno lleva una bolsa grande hecha de esparto, y están manejando una herramienta de pinzas recogiendo objetos del suelo y poniéndolos en las bolsas.

"¡Mira, esos dos hombres están limpiando la playa!"

"El poder de la imaginación, consciencia y sincronicidad."

"¡Vaya, eso sí que fue rápido!"

"La consciencia funciona más allá del tiempo y del espacio, pero ahora puedes tener la experiencia de lo fácil que puede ser hacer cambios en el mundo humano."

"Vaya, sí. ¿Pero cómo haces esto en el mundo de los Sidhe?"

"Bueno, para empezar, no hay basura, sino como ya te he explicado y demostrado, usamos nuestra imaginación junto con nuestra consciencia creativa para cambiar o crear cosas."

"Ah, sí, claro."

"Voy a terminar esta sesión, pero nos volveremos a ver pronto."

Josela me da un abrazo y un beso en ambas mejillas. Es tan maravilloso estar otra vez con ella. Al igual que con Quan Yen, aunque ha sido un encuentro rápido, con un final un tanto brusco."

"Dile hola a Loong de mi parte."

"¡Como si no estuviera aquí!"

Siento la presencia de Loong y también su alegre sonrisa, y su abrazo cálido.

"Perdona, amigo: siempre me olvida de la profundidad del mundo REAL."

Me pongo de pie, siguiendo el camino de la playa hacia los escalones de cemento que van a la casa de mis abuelos. Poco después, puedo oír la pequeña cascada cayendo por la ladera. Incluso sin pensar en ello, saludo a la cascada ¡y ella me saluda a mí!

"Hemos pasado incontables horas juntas, llevando tus pequeños barcos por el riachuelo hacia el mar. Estábamos todos aquí, tal como ahora - el agua, los árboles y los insectos, las rocas, el sol; incluso el aire que te rodea y, ocasionalmente, la lluvia."

No ha dicho esto con palabras sino con su consciencia.

Ahora puedo ver el altar pintado en un azul claro, del mismo color que el pasamanos de los escalones. El altar, hecho de roca y cemento, está cerca de un árbol viejo que lo cubre completamente desde arriba con sus ramas y hojas.

A Quan Yen, la dama azul, Diosa de la Misericordia, la siento muy presente y le asiento imaginariamente con la cabeza cuando paso por el altar.

En ese momento me tengo que parar porque ella me da un delicado abrazo y un mensaje.

"Te hablo como la consciencia a la que llaman Quan Yen, así como Gaia. Estamos en estrecho contacto con los Sidhe, y vamos a usar esta oportunidad en la que estás muy abierta para comunicar contigo."

Me siento sobrecogida por esta encantadora presencia y muy curiosa de lo que me va a decir.

"Como puede que sepas, Gaia es la consciencia que concordó en dar a luz a este planeta para la experiencia humana, o mejor dicho, la experiencia del alma en una realidad ralentizada, ahora tan lenta como los pensamientos. A medida que la consciencia humana despierta, se vuelve hora de que la humanidad tome la batuta como los guardianes de la creación. Hemos cumplido nuestra parte y estamos dejando de enfocarnos en esta creación, para cedérsela a la humanidad como creación soberana para que ellos la manejen. Lo hacemos con todo el amor y el honor, y con nuestros mejores deseos para el futuro."

¡Gaia se está marchando! Tengo una sensación de inquietud; ¿somos capaces de manejar este sistema tan complejo por nosotros solos?

"No os pasaríamos la batuta si no estuviéramos seguros de que podéis. El grupo completo de entidades de apoyo se quedará aquí continuando su evolución como parte de SU camino. Algunos de ellos se marcharán con nosotros y las cosas cambiarán y se reorganizarán; pero tiene que ser así, puesto que es una consciencia diferente la que estará al mando."

"¿Pero adonde irás?"

"Como ya has oído, la consciencia no se va a ninguna parte, pero en términos humanos, voy a tener un trabajo nuevo. No es realmente un trabajo sino más bien un pasatiempo o un interés nuevo, podríamos decir."

"¿Quieres de verdad decir que la raza humana está

preparada y es capaz de hacer esto?"

"Recuerda que no es la mente humana la que va a estar al mando, sino la consciencia, o el alma, como quien dice, que será el jefe."

Siento otro abrazo, y su presencia desaparece, dejándome al final de los escalones con el pasamanos azul claro que se dirige hacia arriba a la calle de Waterfall Bay. ¿Ha pasado esto realmente? ¿Soy la persona apropiada para llevar esta carga de conocimiento de que tenemos que hacernos cien por cien responsables del planeta? Siento la cascada cerca detrás de mí sonriéndome amablemente.

"Oh, sí. Recuerda que sólo una parte insignificante de esta experiencia es humana. El ser humana sólo es el punto de anclaje para ti, el alma, en esta realidad tridimensional."

"Todavía no me siento cómoda con esta idea. Espero que te limpiemos, porque francamente, no hueles muy bien."

"Has dado en el clavo. ¡Eso es exactamente lo que puede que cambie! Puedes oler y ver que las cosas pueden ser mejores y, siendo consciente de etas cosas, ellas cambiarán. ¡¿No es genial?!"

"Eso es lo que todos decís, pero la idea parece tan sobrecogedora. Quiero decir, hay TANTO que tiene que cambiar; sólo eres una pequeña cascada, una gota en el océano, literalmente."

"No soy la cascada, sino consciencia; pero llevas razón; hay muchas cosas que podrían cambiar para mejor - es por eso que comenzamos contigo, y personas como tú. Todavía sois pocos, pero suficientes para que la bola de nieve comience a rodar ladera abajo, haciéndose más y más grande, ganando ímpetu. Este ímpetu cambiará el equilibrio de las cosas y las pondrá en movimiento. De eso puedes estar segura. Acuérdate de que hace dos mil seiscientos años otra bola de nieve comenzó a rodar cuando la consciencia crística llegó; salvando las distancias, claro está."

"Creo que esto aclara un poco las cosas. Te doy las gracias y me despido de ti por ahora."

"¡Adiós también a ti, querida Lucia!"

Subiendo los escalones, me doy cuenta de que las palabras que he estado usando en estas últimas conversaciones no han sido las que normalmente uso. Es como si vinieran de algún otro lado.

Loong aparece para añadir algo, y puedo sentir su suave pelo contra mi cara.

"Tu voz normal es sólo tu voz humana pero, como sabes ahora, tienes muchas voces de muchas vidas".

"No me recuerdo de ninguna de ellas."

"No tienes que recordarlas. Eso es sólo una cosa mental. Tus vidas están brillando en esta vida tan especial; la vida de la "reunificación". ¿Por cierto, te diste cuenta de que la cascada te llamó por el nombre con que naciste, Lucia? Hizo eso para decirte que eres uno de los que iluminarán las cosas,

186

uno a las que las personas tienen que prestar atención."

Vuelvo a casa de mis abuelos, devuelvo la cesta, limpio las cosas y tomo un té con mi abuela. Mi abuelo está durmiendo en su sillón. Cuando despierte lo acompañaré abajo para que recoja su periódico y volveremos al apartamento para que pueda leerlo con una taza de té.

¿Qué es el Amor?

Voy al hotel para ducharme y cambiarme de ropa. Me siento muy viva y al mismo tiempo muy cansada. Me tumbo en la cama, sintiéndome adormecer incluso antes de poner mi cabeza en la almohada.

Un olor a hierba, pinos y tierra húmeda me hace abrir los ojos. Estoy en Elvendale, justo al lado de una hilera de árboles de un bosque, en una de las muchas praderas exuberantes que rodean la ciudad. Loong está junto a mí, se vuelve boca arriba y me muestra su barriga suave, alentándome a acariciarla. Juguetón y maduro al mismo tiempo. Me acuerdo de nuestra conversación sobre dragones y caballeros, y le hago una pregunta mientras le acaricio la barriga.

"Hemos hablado de las virtudes de los caballeros, pero no hemos tocado el tema del amor. ¿Qué es el amor?"

"Podrías decir que el amor es el nombre que se le da a muchos sentimientos diferentes, principalmente dirigidos a algo o alguien afuera de nosotros mismos. Acuérdate de que esos sentimientos son sustancias químicas que el cerebro libera a la corriente sanguínea de nuestro cuerpo, provocando una experiencia sensorial en el cuerpo, y viene de los pensamientos, provenientes normalmente de tu memoria, provocados por un evento externo; una RE-acción."

"El amor se puede describir como una fuerte sen-

"

sación de conexión con otra persona, ¡pero la forma en que lo describes tú suena tan frío y clínico, por decirlo así!"

"Bueno, es verdad; pero las personas son seres emocionales, así que lo sienten de una forma muy real, y para la parte humana ES real. Las personas son pensamientos y sentimientos. De hecho, son una construcción muy simple: un cuerpo físico y un sistema que reacciona a estímulos externos. Puede que tengan cierto nivel de autoconsciencia, pero generalmente sin entender la situación toda. Algunas personas tienen un vago sentimiento o un deseo de que la vida sea algo más."

Loong lleva razón. Y especialmente aquellos que creen en Dios se ven a sí mismos como una persona con un alma, queriendo decir que se ven principal- mente como una persona; y luego hay algo llamado alma en alguna parte, además hay un ser superior en control. Es eso por lo que los cuerpos fueron y son embalsamados, y las personas tienen esta idea de que son dadas un cuerpo nuevo cuando son resucitados. SON su cuerpo, sin ningún concepto REAL de lo que es el alma. ¿Cómo puede la huma- nidad despertar de esta gran ilusión?

Me despierto en esta realidad humana a las cinco de la tarde, justo a tiempo para ir a la biblioteca a recoger a Ju-long.

Hemos decidido cenar en casa de Ju-long, así que vamos a hacer la compra antes de ir a su aparta- mento. Después de cenar, iremos a ver una película al teatro Cyberport Broadway.

Mientras cenamos me dirijo a la madre de Ju-long.

"Sra.Yu, cuando vaya a visitar a sus padres esta tarde ¿puede decirles que Ju-long y yo iremos con usted? Así cuando mi padre llegue pasado mañana serán sólo ustedes dos a visitarles para que no seamos una multitud."

"Eso puede ser una buena idea. Se lo diré a mis padres, querida Luzi."

Cuando la Sra. Yu nos deja para ir a visitar a sus padres, Ju-long y yo vamos a la zona de la Bahía de Telegraph cortando camino, hasta los teatros de Broadway, que están en un edificio grande y circular que contiene cuatro salas con más de ochocientos asientos. Una entrada vale alrededor de ocho libras inglesas.

No me acuerdo que película vimos; no fui para ver la película sino para sentir a Ju-long cerca de mí, cogiéndome de la mano en la oscuridad. Después de la película, caminamos despacio por el parque de Cyberport Waterfront. Ju-long me acompaña de vuelta al hotel. Mañana visitaremos a sus abuelos, espero que se estén adaptando bien.

Sintiendo una grande alegría en mi estómago y mucho amor en mi corazón, me tapo, sabiendo que todo irá bien.

Un olor me hace cosquillas en la nariz; CAFÉ. Abro mis ojos y veo a Josela mirándome, sentada a mi lado en la hierba en Elvendale. Tiene a Loong en su regazo, no como un dragón sino como un gato birmano, como la primera vez que lo vi en casa de Josephine en Shanghái. Me ergo y me quedo sentada.

"Siento tu alegría", dice Loong, y se acerca a mí.

"Sí, he pasado una noche maravillosa con Ju-long. Siento que las cosas están comenzando a ir bien para nosotros ahora."

Incluso habiendo estado en Elvendale varias veces, estoy sorprendida de lo mucho más vivo y rico que las cosas son aquí, y me siento triste de que los sentidos humanos sean tan limitados.

Loong roza su cabeza contra mi mano, haciéndome cosquillas en la cara con su cola mientras ronronea.

"Tienes que usar tus otros sentidos para tener una experiencia más completa, para darte cuenta de que también TODO está vivo en tu mundo tridimensional."

Josela continúa. "Has sentido las montañas, la Tierra y el sol, y te has comunicado con su consciencia. Incluso la pequeña cascada te habló. Ahora no deberías tener ninguna duda de que todo tiene una consciencia, aunque no necesariamente un alma humana. El nivel de consciencia varía de una entidad a otra, desde la entidad elemental que cuida una flor, hasta la consciencia altamente desarrollada de una estrella, como el sol."

"¿Cómo podemos nosotros, los seres humanos, llegar a tener una consciencia lo suficientemente desarrollada como para cuidar de Gaia?"

Loong dice, "Hay, y habrá siempre, lugares de baja

consciencia en el planeta. Algunas personas se sentirán atraídas a estos lugares. Para que la Tierra no sufra, sólo serán las personas que vivan ahí las que vivirán sus vidas en esa baja consciencia, pero todavía tendrán la posibilidad de conectar con una consciencia más alta cuando estén preparados para ello. Aquellas personas que nacen en estos sitios tienen una consciencia semejante, o algunos nacen ahí sencillamente para traer una consciencia más elevada a la población que ahí vive. Estos últimos, normalmente, llevan una vida difícil, porque sienten que no pertenecen a ese lugar. Con suerte, a veces consiguen descubrir por qué están ahí."

Veo un hombre que viene hacia nosotros, atravesando las planicies desde el bosque. Cuando está cerca, veo que va elegantemente vestido con ropas del año 1.700, probablemente a la moda francesa de esa época. Es bastante atractivo, diría yo.

"Bendiciones; soy el Conde Saint Germain de Saint Germain."

Le saludamos mientras toma asiento sobre el tronco de un árbol que da la sensación de aparecer justo en el mismo momento en el que él se sienta. Me doy cuenta de que lleva unas botas muy bonitas.

"El tema está tomando una dirección que me resulta de lo más interesante, y estoy prestándole atención muy de cerca. Por ello, con tu permiso voy a participar en esta conversación."

"Sí, por favor; preciso de claridad en este tema. Pero primero, dime por qué te has presentado como Conde Saint Germaine de Saint Germain."

"Te estoy saludando como el aspecto Conde de Saint Germaine de la consciencia de Saint Germain, y presiento que mis comentarios crearán más preguntas; pero, al mismo tiempo, necesitas más piezas de este rompecabezas para poder continuar, así que escucha con atención."

Hace una pausa dramática antes de continuar.

"La humanidad se está alejando de la naturaleza, de Gaya. La humanidad está dejando de ser animales para ser seres donde la consciencia y el cuerpo, la mente y las emociones, se juntan en lo que llamamos "el cuerpo de consciencia". Estos seres serán conscientes de las verdaderas habilidades creativas de su consciencia, y aun así, estarán viviendo en el mundo tridimensional, tal como los Sidhe ahora en su mundo no-físico."

"Muchas cosas están cambiando ahora en el mundo; aunque no todos estos cambios son buenos, desde mi punto de vista. ¿Qué tienen que ver con el cambio de que estás hablando?"

"Una parte de este cambio es que Gaya está dejando el planeta. Puedes ver la prueba de esto en el hecho de que muchas especies están también dejando el planeta, se están extinguiendo, dejando espacio para que nuevas especies puedan venir. Un ejemplo de esto es el declinar de los grandes carnívoros."

"¿Y qué va a mantener a los herbívoros en números controlados si los carnívoros desaparecen?"

"Las abejas también se están yendo, y nuevas formas de polinizar aparecerán. Lo mismo ocurrirá en el caso de los herbívoros."

"¿Es esto similar a lo que cuenta la biblia sobre el león y la oveja viviendo juntos?"

"Bueno, puedes decirlo así, pero no deberías traer la religión a colación. La religión es una ilusión creada por el hombre. TÚ eres la creadora. Volvamos al tema. Como Gaya y Quan Yen te dijeron ayer, un sistema totalmente nuevo surgirá en esta creación, así que la vida va a tener que cambiar considerablemente cuando manejemos el planeta de forma diferente."

"Puede parecer emocionante, pero a mí me parece asustador. ¿Qué pasa si no funciona?"

Saint Germain se levanta, y comienza a andar de un lado a otro enfrente nuestra.

"La consciencia que está creando el mundo nuevo es la misma que creó el viejo. Son el mismo diseñador y los mismos artesanos quienes están trabajando. Todo encontrará su armonía natural, o lo que llamas equilibrio."

"¿Por qué no podemos simplemente quedarnos con lo que tenemos?"

"¿Estás realmente satisfecha con la forma en que están las cosas? La creación TIENE que avanzar; parar equivaldría a degradarse, que llevaría al fin de esta creación."

Si vivimos para siempre, ¿qué pasaría si esta creación terminara?"

"Si esta creación terminara, se volvería hacia sí misma, implosionaría y de sus cenizas emergería una nueva creación. Abarcaría mucho más que sólo el sistema solar, la galaxia y el universo; ¡TODO lo que existe dejaría de existir! No podemos dejar que esta pequeña pieza determine el futuro del resto de la creación. La creación sigue, onda tras onda, hasta que no haya agua ninguna en su mar, por así decirlo; siendo el agua las oportunidades."

Mi intelecto no puede abarcar esta grandeza, así que sigo sentada sintiendo cosas que nunca sentí con anterioridad, atontada y con la mente vacía. Es una buena sensación; lo único que siento en este momento es la sensación de saber. Ahora me deslizo dentro de la nada.

Me despierto bastante temprano; suficientemente temprano para desayunar con mis abuelos. Están emocionados de ver a papá. Él y yo volveremos juntos a Inglaterra en el mismo avión. ¡Incluso ha conseguido un asiento junto al mío! Estoy deseando estar mañana con él, y nosotros, Ju-long y yo, vamos a necesitar un poco de ayuda para encontrar un sitio donde vivir.

En este momento no me acuerdo de lo que he hecho entre desayunar con mis abuelos y recoger a Ju-long en la biblioteca a las cinco de la tarde. Sólo recuerdo que vino corriendo hacia mí, con un pedazo de papel en su mano derecha, poco antes de llegar a la biblioteca.

"¡Tengo el permiso de trabajo! ¡Tengo el permiso

de trabajo!"

Me alcanza, me levanta y me besa. Luego tiene que dejarme en el suelo otra vez para recuperar la respiración. Leo el papel, y ahí está.

"¡Pero pensé que llevaría meses!"

Loong me sonríe. "Sincronicidad, cariño, sincronicidad."

Les envío mensajes a mis padres para darles las buenas noticias. Vamos al centro comercial para darle las noticias a la Sra. Yu. Está ocupada con la caja registradora, y me doy cuenta de que está feliz y triste al mismo tiempo; feliz por su hijo, y triste porque el momento de dejarla para irse a Inglaterra se está acercando. Ju-long nos invita a las dos a ir a cenar.

En el restaurante, la Sra. Yu está callada la mayor parte del tiempo. Ju-long y yo hablamos emocionados de nuestro futuro. Más tarde, de camino a ir a ver a los abuelos de Ju-long, consigo tranquilizarme un poco, y ahora estamos llegando a la entrada de la residencia de ancianos.

La entrada parece anónima, pero una vez dentro la sala es acogedora y hay una recepcionista en el mostrador. Nos sonríe, deseando ayudarnos. Cogemos el ascensor, y poco después Ju-long está llamando a la puerta 315. La suma de los números es 9, que significa completo. No había pensado en esto cuando les ayudé a mover sus cosas al apartamento. El abuelo nos abre la puerta, saluda con una cálida sonrisa, y parece contento de vernos.

"Entrad, entrad. ¡Qué bien verte de nuevo, Luzi!"

"Gracias, Sr. Lin; estoy deseando saber cómo están corriendo las cosas para ustedes dos en su nuevo ambiente."

La Sra. Lin también viene a saludarnos. Veo que hay más vida en sus ojos que la última vez que la vi. Estoy muy contenta de ello. Ju-long les cuenta lo de su permiso de trabajo incluso antes de cerrar la puerta. Sus abuelos parecen contentos por él.

"Ahora necesitas encontrar un buen trabajo, pero no seas picajoso, ¡un trabajo mejor puede aparecer más tarde!" El Sr. Lin baja su dedo índice y señala a la mesa baja del comedor, que ya está puesta. La Sra. Lin insiere el plato con bizcocho casero en el medio de los cubiertos a lo justo.

Es un apartamento pequeño, aunque más grande que el de mis abuelos. Sus abuelos nos cuentan sobre las salas comunes y otras facilidades, que compensan por el poco espacio. Hago un comentario sobre el bizcocho.

"Un delicioso bizcocho, Sra. Lin."

"Sí, está bueno. Esta tarde algunas de las señoras del edificio nos encontramos en la cocina de abajo e hicimos todo tipo de pasteles y galletas. Nos divertimos mucho."

Es bueno saber que ha hecho nuevos amigos. Aprovecho la oportunidad para decirle por qué esta visita es tan importante para mí.

"Como sabe, mi padre vendrá mañana con su hija a verles. Es vital que le cuente si hay algo que no les guste aquí. Él no lo tomará como una queja, sólo quiere estar seguro de que tenéis lo que se os prometió. Es su gen de negocios supongo. Cuando hable con el gerente mi padre será muy diplomático exponiendo los puntos, así no tendrán problemas por quejarse."

El Sr. Lin sonríe y me mira a los ojos.

"Es un sitio maravilloso y ha traído vida nueva a nuestra relación. Como ves, la abuela está haciendo todo tipo de cosas, y yo he hecho buenos amigos con quien conversar. El fin de semana iremos a la playa de Repulse Bay. No es que vaya a tumbarme al sol o nadar ni nada semejante; probablemente encontraré un buen lugar a la sombra. Visitaré el templo y las estatuas."

"Será un bonito picnic. Algunas de nosotras haremos las compras y otras prepararemos la comida," añade la Sra. Lin.

No nos quedamos mucho tiempo. La madre de Julong nos acompaña parte del camino, y cuando Julong me besa enfrente del hotel todo me da vueltas; pensamientos y sentimientos. Me siento muy feliz.

La Sorpresa de Papá

Mi padre llega a Hong Kong hoy. Estoy en casa de mis abuelos, y los tres estamos esperándolo. Llama desde el aeropuerto, a donde ha llegado en el avión nocturno según el horario previsto. Ha alquilado un coche y va ahora de camino a la isla de Hong Kong. La abuela ha estado ocupada en la cocina toda la mañana preparando un almuerzo tardío para los tres. No está estresada pero no para quieta, cantando para sí misma mientras prepara las cosas. Me permite ayudarla con alguna de las tareas, pero los detalles y las cosas refinadas tienen que ser hechas exclusivamente por La Chef. El abuelo no se ha echado la siesta hoy, y está sentado en su sillón leyendo el periódico. Es como en los viejos tiempos, y me hace sentir segura y contenta.

Suena el timbre de la puerta, es mi padre. Salgo afuera corriendo, pero no llego muy lejos ante de que él me tome en sus brazos rápidamente. Es tan bueno verlo de nuevo. Subimos los escalones estrechos con mi brazo en el suyo. La abuela se quita el delantal, limpiándose las manos en él, y lo cuelga en un gancho en la pared detrás de la puerta de la cocina, antes de recibir un cálido abrazo.

"Me alegro de verte abuela. ¡Y como huele!"

"También me alegro de verte Carl. Estás estupendo."

"Bienvenido Carl."

"¡Abuelo!"

Se dan la mano.

La abuela y el abuelo no necesitan nada, así que papá les ha recargado el pase Octopus de autobús para otro año entero como regalo, y les ha conseguido pases gratuitos para entretenimientos como Disneyland Hong Kong, y otros sitios de la zona.

Almorzamos maravillosamente. Papá nos entretiene con sus últimas noticias, y hablamos de cuando vivíamos todos en Hong Kong. Papá y yo nos quedamos toda la tarde hasta después de cenar. El abuelo disfruta hablando con mi padre. Normalmente, la abuela no dejaría que mi padre y yo la ayudáramos con la cena, pero papá es el cabeza de familia, y sus suegros se han acostumbrado a que haga todo tipo de cosas de casa, porque ven que disfruta con ello.

Después de cenar, papá y yo conducimos a casa de Ju-long y de su madre. No está lejos, pero a papá le gusta la libertad de conducir. Cuando llegamos, toco el timbre de la puerta y, cuando llegamos a la puerta del apartamento, papá quiere ser el primero en saludar.

La Sr. Yu va vestida con un colorido vestido de manga larga que le llega debajo de las rodillas con el fondo del vestido de color amarillo. Lleva también un cinturón negro ancho y un collar de perlas rosas.

"Bienvenido Sr. Cane, y gracias por toda su ayuda. Estamos muy agradecidos."

Papá sonríe amistosamente. "Hola Sra. Yu; me alegro de haber sido de ayuda. Ah, tengo una cosa para usted."

Le da un paquete pequeño con un envoltorio dorado con rosas estampadas sobre él.

Es un hermoso colgante hecho a mano de jade verde con una decoración muy bonita. Lleva una cadena dorada. Además, hay un par de pendientes y un anillo a conjunto.

"¡Oh, pero esto debe de haber sido muy caro, Sr. Cane!"

"Bueno, como pronto vamos a ser familia, si Julong y Luzi consiguen arreglar las cosas, creo que el regalo no es inapropiado. Espero que el anillo le venga bien, sino puedo descambiarlo."

La Sra. Yu se vuelve a su hijo. "Mira Ju-long; que bonito."

Mientras Ju-long está prestando atención a su madre, veo que papá saca un sobre del bolsillo interior de su jaqueta. "Tengo algo para ti también, Julong," y le da el sobre.

Por la cara de mi padre me doy cuenta de que está muy satisfecho consigo mismo. Ju-long abre el sobre conmigo mirando por encima de su hombro. Hay un logo en la parte superior de la carta, y me doy cuenta de que pertenece a la empresa que lleva el alquiler de los apartamentos donde vivo en Londres. Leo rápidamente y grito, "¡Es un contrato para un apartamento en el mismo edificio donde vivo en Londres!"

"Sólo necesita tu firma, Ju-long," dice mi padre sonriendo. "Ahora que tienes permiso de trabajo, no veo motivo ninguno por el que no puedas trasladarte a Londres."

"¡Vaya, menuda sorpresa! Ahora me doy cuenta que era ESTE el asunto que traía a papá a Hong Kong. Quería entregar esta sorpresa él mismo.

Ju-long no sabe que decir. "¿Qué puedo decir?"

"" Gracias, Sr. Cane", sería suficiente." Papá sonríe.

"Sí, claro. Muchas gracias Sr. Cane. Significa mucho para mí; bueno, para nosotros."

La Sra. Yu se vuelva a mi padre. "Sr. Cane, ha gastado mucho hoy. Ju-long ha estado hablando mucho de irse a Londres. ¿Le gustaría tomar algo? ¿Un té quizás?"

"No, gracias, Sra. Yu. Probablemente tomaremos el té con sus padres. A lo mejor es hora de dejar a los jóvenes aquí e irnos."

", Pues claro; ¡estaré lista en un minuto! Sólo tengo que ponerme los zapatos y coger el abrigo."

Papá tiene una sonrisa enorme en la cara. Es bueno verlo tan relajado y lleno de energía.

Cuando se van, miro a mi padre mientras formulo la palabra "gracias". Por supuesto es por el apartamento en Londres.

Ahora Ju-long y yo tenemos algo de tiempo para estar solos. Claro que nos besamos y abrazos intensamente por un tiempo, pero en seguida nos sentamos a planear un plan bien hecho para el futuro. Ju-long tiene muy pocas cosas que quiera llevarse a Londres. Todo lo demás será fácil de conseguir una vez que estemos ahí. Lo primero será conseguirle un trabajo, y lo segundo una beca de estudios. Ya hemos hecho una lista de bibliotecas que puede que estén interesadas en sus conocimientos de lengua y cultura chinas. Tengo un deseo personal: que la universidad lo contrate y lo añada a los profesores empleados cuando haya hecho algunos cursos. Estamos de acuerdo en que tiene que trasladase a Londres tan pronto como pueda dejar su trabajo aquí.

Acordamos que debemos invertir algo de energía en preparar a su madre, puesto que esto va a provocar un grande cambio en su vida, así como el hecho de sus padres haber dejado el apartamento donde vivían con ella.

La Sra. Yu y mi padre ya están de vuelta. Hablamos de cosas sin importancia. Papá menciona lo mucho que le gusta el hecho de que los padres de la Sra. Yu se hayan adaptado a su nuevo hogar, y yo le comento que Ju-long no puede irse a Londres en seguida debido a su trabajo en la biblioteca. Mi padre entregará los documentos firmados, y se encargará de pagar el apartamento hasta que Ju-long llegue. Después mi padre y yo volvemos al hotel.

Nos quedamos en el pequeño hotel cerca de la casa de mis abuelos, porque nos resulta conveniente, no porque sea de ninguna manera un sitio elegante. Conocemos al gerente desde hace años, y tenemos una estupenda relación con él.

Antes de ir al hotel, aparcamos en el puerto para dar un paseo por Aberdeen Promenade, empezando por el extremo oriente justo después del mercado de pescado. Vemos los contenedores, lo barcos y los yates pequeños. Como de costumbre hay personas esperando en el restaurante flotante Jumbo. Papá me habla sobre la visita, y conversamos sobre mis abuelos. Puede que dentro de poco el abuelo necesite más cuidados de los que la abuela pueda proporcionarle. En ese momento tengo una idea.

"¿Qué tal si mañana cenamos todos en algún restaurante? Así los abuelos tendrán la oportunidad de saber cómo es la residencia de ancianos. Puede que se animen a ver el sitio."

"¡Una muy buena idea, Luzi!"

""Enviaré un mensaje a Ju-long para que invite a su familia. Hablaremos con el abuelo y la abuela por la mañana."

Hay parejas jóvenes sentadas en los bancos con toldos que dan sombra durante las horas de más calor. Pasamos por un parque infantil donde hay algunos niños jugando.

"Bueno papá, ¿qué les regalaste a los abuelos de Ju-long?"

"¡Eso fue difícil! Por alguna extraña razón, terminé comprándoles un pequeño altar con un dragón para su nueva casa. Rechacé la idea un par de veces, pero volvía a mí una y otra vez."

"Yo creo que es un regalo muy apropiado. Les da a entender que les deseas un hogar armonioso. ¡A lo mejor algún dragón ya se ha instalado ahí!"

Mi padre no cree en dragones, pero seguro que les desea un hogar feliz. Conducimos de vuelta al hotel y papá me da las buenas noches con un beso. Hemos quedado en desayunar en casa de los abuelos. De vuelta en la habitación del hotel, Ju-long me envía un mensaje diciéndome que todos han aceptado la invitación a cenar mañana, y termina su mensaje con, "Estoy tan contento. ¡Pronto estaremos juntos en Londres! ¡Besos!"

Lo que ocurre durante los siguientes días antes de que papá y yo volvamos a Londres, lo contaré rápidamente. La cena con todos nosotros juntos se desarrolla bastante bien. Los mayores parecen entenderse bien, y organizan una visita para que mis abuelos vayan a ver la residencia de ancianos y su apartamento. Papá hace una llamada a la residencia para asegurarse de que vean lo más posible de ella, sin que ellos noten que es una estrategia. Ju-long envía emails a algunas bibliotecas de Londres, para hacer entrevistas de trabajo. Planeo en hacer un recorrido yo misma, visitando algunas en las que tengo buenos contactos. Después de pasar tanto tiempo con mi padre echo mucho de menos a mi madre, así que voy a ver a mis padres pocos días después de llegar a Londres. Mi hermana Anna está en Egipto.

Es tan bueno visitar a mis padres en su preciosa casa en las afueras de Londres. Hasta cierto punto el interior se parece a la casa que teníamos en Hong Kong cuando era más joven, y los olores son idénticos.

Mamá y yo hacemos un bizcocho para nuestro té de la tarde. Mientras está en el horno estoy sentada en una silla de la cocina con mis ojos cerrados, y el olor me trae recuerdos de mi infancia en China.

Mamá está pintando unos cuadros chinos que se han vuelto bastante populares, y que son vendidos a través de uno de sus contactos en Londres. Normalmente tienen algún motivo romántico con un texto corto en letras chinas tradicionales. Esto me da la oportunidad de hablar sobre los signos que estoy utilizando en mi libro.

"No son las letras chinas que usas en tus pinturas, mamá."

"No, pero creo que deberías escribirlas y sentir su energía. Traeré unas hojas de papel bueno, y tinta, y los dibujaremos juntas."

Mamá me enseña como dibujar las líneas en el orden correcto, y cuando siento el signo mientras lo estoy creando, me doy cuenta de que cada uno tiene un sentimiento único. Tienen una especie de consciencia o personalidad. No es el signo por sí mismo lo que está vivo, sino lo que representa.

"Es increíble lo diferente que es la sensación de cada uno, casi puedo sentirlo como un pillín saltando, intentando llamar mi atención."

"Luzi, eso me recuerda a un pequeño libro que tengo en alguna parte. Déjame ver si lo encuentro."

Poco después vuelve con un pequeño libro titulado Los Mensajes Escondidos en el Agua, escrito por un doctor japonés llamado Masaru Emoto. Él estudia como mensajes o simples palabras pronunciadas en el agua cambia la apariencia de los cristales del agua que se forman cuando este se congela. El agua cambia incluso cuando una palabra es escrita en una etiqueta y es colocada en una botella de muestra. Su mensaje es que, teniendo en cuenta que el 75% de nuestro cuerpo adulto es compuesto por agua, somos muy vulnerables a palabras escritas y sonidos. Piensa sólo en lo que una canción puede provocar en una persona. ¡Puede provocar incluso cambios físicos en tu cuerpo!

Papá se nos junta a la hora del té, y ambos le contamos a mamá sobre nuestra visita a Hong Kong, el tiempo que pasamos con los abuelos, y nuestro encuentro con Ju-long y su familia. Todo esto y el hecho de estar con mis padres, me hace sentir una fuerte conexión con mi infancia.

Hemos pasado un día maravilloso, no sentí ninguna prisa en volver a Londres; por eso ahora que llegué a mi apartamento veo que es bastante tarde. Estoy muy contenta y con ganas de que Ju-long llegue a Londres, y empezar nuestra nueva vida en el Reino Unido.

Ju-long en Londres

Con el corazón lleno de alegría y lágrimas en los ojos, corro hacia Ju-long que está tirando de una maleta y cargando una mochila. Me ve y comienza a correr hacia mí, sonriendo con esa maravillosa sonrisa que tiene. Su mochila saltando hacia arriba y hacia abajo. Nuestra carrera termina en medio de personas, equipaje y bancos, con un cálido abrazo.

"¡Finalmente estás aquí!"

"¡Sí, finalmente, y con todas mis estimadas pertenencias!"

"Puede que las estimes, pero según recuerdo no tienen mucho valor."

"¡Que bien estar finalmente aquí!"

"He traído uno de los coches de mi padre. Es más fácil que llevar tus cosas en el tren, pero probablemente más lento. ¡Comencemos nuestra nueva vida juntos!"

Al principio hablamos mucho, pero después de un rato la conversación llega a su fin y nos quedamos sentados, sintiéndonos el uno al otro de una forma muy profunda. Me cambio a "autopiloto" y disfruto de este momento que desearía durara para siempre.

Llegamos al edificio. Tengo un lugar de aparcamiento en el garaje, pero no lo uso mucho. Cuando vine aquí hace unos años, mamá y papá me dieron algunas acciones del bloque de apartamentos, así que el alquiler no es muy alto, e incluye el lugar de aparcamiento. Mis padres sabían que yo quería pagar el alquiler por mí misma, pero como en aquel momento no tenía suficiente dinero para hacerlo, me ayudaron disimuladamente con las acciones. Más tarde compré más.

En el ascensor le doy a Ju-long la llave de su puerta. El apartamento está vacío porque quiero que sea él a crear su hogar en este espacio. Como le dije: "¡Es TU apartamento!"

Por supuesto ya le había echado un ojo al apartamento, pero ahora exploramos las habitaciones cogidos del brazo. Ju-long se vuelve y nos quedamos cara a cara mirándonos a los ojos.

"Estoy TAN contento; necesito unos días para pensar como decorar mi casa - no quiero precipitarme."

"Ya lo sé, y para evitarte la molestia de tener que medirlo todo, tengo un diseño en mi apartamento."

"¡Así que ya estuviste pensando sobre mi apartamento!" Dice sonriendo.

"Bueno, veo algunas posibilidades, y estoy dispuesta a ayudarte, pero depende totalmente de ti. Cuando hayas terminado de mirar cuanto quieras, podemos subir a mi apartamento; ¡tengo una pequeña cena casi lista!"

"Bueno, si hay cena con una preciosa joven, ¡no la hagamos esperar!"

Me besa y vamos cogidos de la mano al ascensor. En unos momentos puedo darle la bienvenida a mi casa.

"¡Guau, vaya sitio; y más grande que el mío! ¡Puedo explorar este sitio, sólo necesito un GPS y el equipo necesario!"

"Hay quien lo encuentra un poco desarreglado, pero yo creo que le da un buen toque."

"Aquí HAY un buen ambiente; me gusta realmente."

"Deja la exploración para más tarde, y abre la botella de vino que está sobre la mesa."

"¡Sí señora! Estoy en ello."

Le hemos conseguido un pequeño ordenador a la madre de Ju-long, así, mientras la comida se está haciendo en el horno, mantenemos una agradable conversación con ella antes de que se vaya a la cama.

Pasamos una velada estupenda. Cuando vacío la botella de vino en nuestros vasos, menciono a Ju-long que va a tener que dormir aquí porque no tiene cama. ¿Planeé esto?

"¡Al no ser que tengas un saco de dormir en tu mochila! De verdad que no quiero que pases tu primera noche en Londres en un apartamento vacío."

"Gracias, lo encuentro más acogedor aquí y la compañía mucho mejor."

La primera noche juntos puede sentar un precedente para cualquier novia en su noche de bodas. Nos compartimos el uno al otro de la forma más íntima, y establecimos una conexión muy profunda. Para mí, fue una reunión de nuestras almas, que se juntaban otra vez, como ya lo habían hecho en vidas pasadas.

A la mañana siguiente, recibo un mensaje de mamá.

"¿Estáis listos para desayunar?"

"¡Sí, puedes traer el desayuno cuando quieras!"

Debo confesar que esto forma parta de un plan de los Cane, planeado en secreto la noche anterior a la llegada de Ju-long. De hecho, fue idea de mamá darle dinero a Ju-long para empezar su nueva vida con nosotros. Él no habría simplemente aceptado dinero, pero esperamos que siendo una sorpresa no lo rechace.

"Yo me ocupo del desayuno," grito a Ju-long quien todavía está en el cuarto de baño.

Poco después Ju-long sale llevando unos vaqueros y una camiseta estrecha, brillante como un ángel.

"¿Qué hay para desayunar? ¡Espero que haya suficiente porque estoy hambriento!"

"Sé que gastaste mucha energía anoche, pero al mismo tiempo, ¡casi me comiste entera, así que eso debería equilibrar la cosa!"

Beso, beso; ding, dong.

"Ah, eso debe ser el desayuno; por favor abre," le digo.

Mis padres, por supuesto, tienen una llave del edificio, y de mi apartamento, así que están esperando al otro lado de mi puerta.

"¡Sra. y Sr. Cane, que sorpresa! ¡Entren!"

Mamá le da un cálido abrazo, "Sí, somos una familia que se abraza mucho. Deberías saberlo ya. Y muy informal también."

"Déjame que coja las bolsas, papá."

Papá es un hombre de abundancia, aunque no en lo que se refiere a masa corporal. No es que esté preocupado con que no haya suficiente comida, con lo que está preocupado es con que haya suficiente de dónde escoger. Hasta hay naranjas para mi exprimidor.

Loong aparece con un comentario. "Carl sabe de forma intuitiva que la vida ESTÁ llena de potenciales, posibles elecciones... y riquezas. Es algo que Ju-long tiene que incorporar a su consciencia."

"Bienvenido al Reino Unido, Ju-long." Se dan la mano y se abrazan - a la manera de los hombres.

Pronto estamos sentados a la mesa, disfrutando de un excelente desayuno. Me encuentro con la mirada de mamá. Asienta con la cabeza sutilmente. Está esperando el momento adecuado.

"Es una tradición en nuestra familia..."

Buena jugada mamá. No es probable que Ju-long vaya en contra de una tradición familiar.

"... traer algo cuando visitamos por primera vez una casa nueva. Carl les dio a tus abuelos un pequeño altar para el espíritu del dragón de su nuevo hogar..."

Ahora Ju-long espera una cosa pequeña; ¡brillante!

"... y a ti te queremos regalar algo igualmente pequeño para tu primera casa."

Le da un pequeño regalo en la forma de un cubo, de unas tres pulgadas.

"Gracias, ¿me pregunto que podrá ser?"

Abre la caja. Primero encuentra una postal en forma de corazón que dice "¡Bienvenido al Reino Unido!", y después una tarjeta de crédito, una de las de oro, claro. ¡Muy inteligente, así no puede ver la cantidad y no se atreverá a preguntar!

"Bueno, muchas gracias. Ciertamente me viene bien un poco de ayuda para comprar algunas cosas para mi apartamento. Hemos pensado en dar una vuelta para ver si encontramos algo adecuado. Gracias."

Y Loong hace otro comentario: "Debe de aprender a recibir regalos como algo natural que él se merece."

Se levanta y abraza primero a mamá y después a papá. Está muy emocionado. Para retomar la conversación me dirijo a mi padre.

"Ayer hablamos con la Sra. Yu por el ordenador. ¿Crees que es posible que los abuelos de Ju-long consigan una conexión de video como tiene su hija?"

"Esto es algo que la residencia tiene en su lista de cosas por hacer. Van a crear una zona con ordenadores con herramientas de comunicación para los residentes, administrado y pagado por la residencia misma. Intentaré que vaya un poco más deprisa."

Más tarde, papá me dice que una pequeña donación ha acelerado las cosas, y el trabajo práctico ya ha comenzado.

Mamá empuja la silla hacia atrás. "Es maravilloso darte la bienvenida a este país. Tú tienes tus planes y nosotros también tenemos los nuestros."

Cuando mamá se vuelve hacia mí, levanta una ceja; todo ha ido como ella había planeado. Más abrazos, y se marchan. Otra cosa más que he terminado de mi plan para hoy.

El Camino de la Elección

Ju-long y yo pasamos una buena parte del día haciendo compras. Al principio presta mucha atención a los precios, hasta que le hablo sobre cualidad.

 Loong, al igual que ayer, me está guiando para que entienda como Ju-long ve el mundo, y así poder armonizar nuestra relación. "Si quieres algo más barato porque te gustan sus características, como el color o la forma, está bien. Sólo asegúrate de que es ese el motivo por el que lo estás haciendo."

En la tienda de ordenadores, Ju-long está buscando uno apropiado para su trabajo de programación.

"Creo que este es suficientemente bueno para mi trabajo."

Loong hace un comentario sobre esto. "Si te conformas con "suficientemente bueno", vas a terminar con suficientemente bueno para toda la vida. Un salario suficientemente bueno, una casa suficientemente buena, incluso en el amor. Una persona con baja autoestima se conformará con suficientemente bueno, o incluso con apenas suficiente. ¡Eso no es forma de vivir, es sólo sobrevivir!"

Hago lo mejor que puedo para seguir el consejo de Loong. "¿Te atreverías a comprar un ordenador grande y estupendo, uno para programación, juegos, video, 3D y todo lo demás?"

Le lleva algún tiempo encontrar el valor para escoger un ordenador de alta capacidad, pero después vuelve otra vez a "suficientemente bueno" cuando comienza a elegir el monitor, el teclado y demás.

"¿Cuál es el MEJOR monitor de la tienda? ¿Te sirve ese, o precisas incluso uno mejor?"

"¡Estás realmente empujándome hoy, Luzi!"

"¡Es para que veas la diferencia entre sobrevivir y vivir! A lo mejor incluso te estoy empujando por encima del acantilado. Puede que dudes de ti mismo, pero sé que confías en mí. ¡Yo confío en mí! ¡Piensas que soy rica porque tengo un padre adinerado, y piensas que Carl es rico porque es listo! Papá no es tan listo en ese sentido, es sólo que ha encontrado el Santo Grial, por así decirlo. Intuitivamente sabe cómo funciona el mundo y la vida, y como actuar en consecuencia."

"Pero Luzi, tienes que estar de acuerdo en que se necesita dinero para poder gastar dinero."

"Siento desilusionarte en esto. Tienes que SABER sin ninguna duda que el dinero va a estar ahí cuando lo necesites. Es así como mi padre vive su vida. Sé que debe ser difícil confiar tanto en la vida. Tristemente funciona de la misma manera si SABES que tienes que trabajar duro para ganar dinero, tener un apartamento, o conseguir una beca de estudios."

"Conseguí el apartamento porque tu padre consiguió tirar de algunos hilos."

"Eso no es lo importante. Lo importante es que fue

FÁCIL. Echemos un vistazo a la sincronicidad desde MI punto de vista. Algo me guió al amor de mi vida - tú - pero podemos hablar de eso más tarde. Después conseguiste el permiso de trabajo, después tus abuelos se trasladaron para facilitar las cosas a tu madre, y ahora estás aquí en Londres, conmigo. Esa es MI CREACIÓN, MI VIDA. Y no es una cosa mental. No puedo pensar, desear, querer, enfocarme en ello ni exigirlo, pero puedo sentir profundamente en mi corazón, que es así como mi vida debería ser."

Puedo darme cuenta de que Ju-long está dejando de prestar atención, así que cambio de tema.

"Dejémoslo por ahora y encontremos un buen monitor que se ajuste a tu ordenador."

Ju-long está dando vueltas, mirando ahora los detalles y no (tanto) los precios.

"Creo que este podría ser el adecuado. Funciona para programación, juegos y video."

"¿Pero SIENTES que es este el que quieres?"

"Bueno, sí."

"Vale, entonces este; ¿pero por qué sólo un monitor, cariño? ¡He visto programadores y jugadores usar dos, y hasta tres monitores! Sé que es asustador; puedo SENTIR tu miedo."

"Pero no sé de dónde viene este miedo; no tiene ningún sentido. ¡No hay nada que temer!"

"Pero sí que hay, en tus recuerdos... Sabes que puedo ser rara, o más que rara, a veces... pero si no encuentras ninguna razón en esta vida, tiene que venir de algún otro sitio. Hablaremos de ello en otra ocasión también, pero por ahora puedes elegir cualquier número de monitores que creas aceptable."

Ju-long quiere complacerme, así que elige dos monitores.

"¿Estás contenta ahora?"

"Sí, estoy satisfecha contigo, ¡Y TE QUIERO ELIJAS LO QUE ELIJAS!"

Durante nuestra conversación, sentí que no era sólo yo la que hablaba. Loong me sonríe.

"Éramos todo un coro, pero estamos sólo aquí para guiar a la verdad de tu corazón."

Hay suficiente espacio en el coche para el ordenador, los monitores y otras cosas, pero a medida que compramos cosas más grandes, muebles, alfombras y demás, pedimos para que sean enviadas a casa después por la tarde.

De camino a casa paramos para comprar comida para llevar. Nos ha entrado bastante hambre al hacer las compras, y tenemos ganas de una buena comida y una botella de vino.

Las cosas de Ju-long han llegado y están ahora en

su apartamento, pero estamos demasiado cansados para lidiar con ello hoy. Ahora estamos juntos debajo de las mantas mirando una película mientras bebemos más vino. Incluso he encontrado algunos frutos secos y frutas pasas en la cocina.

"¿Ju-long?"

"¿Sí?"

"Te quiero sin importarme lo que elijas. Sabes eso, ¿no?"

"Sí, ya lo sé. Puede que no sepa escoger el mejor ordenador, pero eso sí lo sé; eso puedo sentirlo."

"Sí, SABES y SIENTES. De eso es de lo que estaba hablando hoy. Ahora siento que quiero más vino. ¿Haces eso por mí?"

"Cualquier cosa."

"¿Y sabes qué? ¡SÉ que tienes que dormir conmigo en mi cama esta noche porque la tuya está en una caja de cartón deshecha en mil pedazos!"

"¡Yo también SÉ eso!"

Britania

Para la mañana siguiente le he facilitado el camino de varias entrevistas de trabajo a Ju-long, y ahora está a punto de salir, un poco nervioso pero entusiasmado al mismo tiempo. Con mis brazos alrededor de él, le miro a los ojos.

"Con el amor que sientes por mí en tu corazón encontrarás un trabajo en Londres. Y recuerda: ¡no busques un trabajo, simplemente encuéntralo!"

"¿Y no es lo mismo?"

"¡NO! Siéntelo. Cuando buscas estás con dudas, y creas la experiencia como una de búsqueda. ¡Cuando comienzas tu andadura para ENCONTRAR un trabajo, entonces es una aventura! Entonces puedes verte a ti mismo delante de una oportunidad de trabajo, ¡y sólo tener que elegirlo! Está ahí como una posibilidad ya creada."

"Entonces en vez de crear una experiencia donde busco trabajo, creo una donde lo encuentro."

"Sí cariño; ahora sal a encontrar el trabajo que ya has creado."

Le beso y me despido antes de ir a coger el metro para la universidad. Mientras estoy sentada en el metro me empieza a picar la nariz y estornudo. Entonces me doy cuenta de que Loong está aquí.

"Creo que está empezando a entenderlo. Ahora tiene que darse cuenta de que no es una cosa mental;

hablo de la parte de la creatividad. El trabajo ya está ahí; ahora sólo es una cuestión de sincronicidad y de la parte humana toparse con el."

"Veo la creatividad como burbujas de posibilidades, donde unas están más cerca de nosotros energéticamente que otras."

"Sí, es una buena imagen para que la mente lo comprenda, Luzi."

"Espero que no lo hayamos asustado mucho, Loong."

"Se lo pusimos difícil ayer, pero ayudó a reorganizar las energías para lo que va a hacer hoy."

Justo antes de la hora del té recibo un mensaje de Ju-long.

"¡Tengo un trabajo! ¡Te veo después en casa!"

"¡Vayamos entonces a cenar fuera hoy!"

De camino a casa compro una rosa roja para Julong. De vuelta al edificio, llamo a la puerta de Julong. La abre vestido con algo muy elegante.

"¡Ta-chan! Estuve de compras y la tarjeta de crédito ni siquiera se vació."

"Con que hombre más atractivo voy a cenar esta noche. Una rosa para ti, ¡y felicidades, querido Julong!"

"Muchas gracias. El día de hoy ha sido TAN extraño. Tuve dos entrevistas. Fueron bien, pero de alguna manera no las sentía como apropiadas. Dijeron que me contactarían esta semana. Después fui a la Biblioteca Británica en Euston Road, ¡y antes incluso de entrar sentí que esta sí era la apropiada! Me encontré con tu contacto, Jean, una chica muy dulce, y todas las personas necesarias estaban en el trabajo y acababan de salir de una reunión; ni siquiera habían salido de la sala. Tomamos té, y me lo pasé realmente bien; todos fueron muy simpáticos. Todavía falta todo el papeleo y hay MUCHO para aprender. Incluso tengo que ir a unos cursos. ¡Fue espectacular!"

"Es sincronicidad de la mejor."

"He informado a las otras dos bibliotecas de que conseguí un trabajo, claro."

"Está muy cerca de la biblioteca de la universidad, la biblioteca de la Casa del Senado, que uso normalmente."

Ju-long está muy entusiasmado con su nuevo trabajo y no puede esperar a empezar.

"¿Sabías que tienen más de 100.000 libros de literatura china, e incluso una sala grande de conservación?"

"No, no lo sabía, pero lo que sí sé es que quiero cambiarme y comer algo - ¿vienes?"

"Sí, sí. ¡Estoy totalmente listo para ti!"

"Supongo que se lo has dicho a tu familia."

"¡Sí! Y a tus padres también - tienen que saber que su "inversión" ha dado fruto, por así decirlo."

En mi casa tenemos una pequeña "reunión" antes de tomar una ducha y prepararnos para nuestra cena de celebración en la ciudad. Ju-long ha preguntado por ahí por un buen sitio para ir a cenar.

Estamos ahora de camino, pero no consigo sacarle mucha información sobre donde vamos.

"Decidí escoger un sitio de comida inglesa, que no fuera demasiado pesada, también pensé en vino inglés. Sé que puedes encontrarlo también en Hong Kong, pero..."

"Quieres honrar este país con esta elección tuya, y eso es muy bonito por tu parte. Estoy muy contenta con tu idea, cariño."

Siento una genuflexión, y gratitud, emanando de un ser majestuoso, que se presenta a sí misma como La Cuidadora de las Islas. Estoy muy emocionada.

"No espero ni exijo ninguna adoración, pero es bueno ser reconocida, incluso cuando él no sabe que en realidad HAY alguien para recibir su deseo de mostrar gratitud por estar aquí."

Pasamos una velada maravillosa, aunque ya no me acuerdo de lo que comimos, pero sé que el vino era bueno... ¡y abundante!

Ju-long me está diciendo ahora que comimos cordero, patatas, verduras y ensalada. No se acuerda del postre. "Bebí demasiado vino," dice.

De vuelta a mi apartamento también pasamos una noche maravillosa. Incluso conseguimos dormir unas horas antes de ir a trabajar. Hoy voy a tener que pasar casi todo el día fuera de casa, y llegaré bastante tarde. Esto le dará algo de tiempo a Julong para "aterrizar" y organizar sus cosas en el apartamento. Por alguna razón su cama aún está en la caja.

La Ciudad de Elvendale

Ju-long lleva conmigo en Londres casi tres meses, y es maravilloso. Cuando no estamos trabajando, estamos juntos casi todo el tiempo. Ambos podemos hacer parte de nuestro trabajo en casa; sobre todo yo. Nos damos cuenta de que funciona mejor si cada uno trabaja solo en su apartamento. De lo contrario nos distraemos el uno al otro.

Tan fácil como le fue a Ju-long encontrar un trabajo en la biblioteca, igual de difícil le está siendo encontrar una beca de estudiantes, así que he decidido visitar Elvendale, cosa que no hecho desde que Ju-long llegó. Me tumbo en la cama, como la primera vez que entré en contacto con Elvendale, y miro al techo. No estoy cansada, pero de repente me siento soñolienta y cierro los ojos.

Primero me viene el olor a hierba y a tierra, y después el inconfundible olor del perfume de Josela. Abro los ojos y me doy cuenta de que estoy más cerca de la ciudad que nunca, aunque aún estoy sobre la hierba en las planicies. Cerca de mí Josela está sentada sobre una bonita manta.

"Bienvenida, Luzi - ¿qué tal un vaso de vino frío para mimar tus sentidos?"

"Hola Josela. ¡Eso estaría muy bien!"

Josela llena un vaso de vino blanco espumoso y me lo alcanza. Huelo el aroma; flores, un toque de miel... ¿y tal vez canela? Tomo un trago; frío, refrescante y no demasiado dulce.

"¡Es muy bueno Josela!"

"Lo he hecho yo misma."

"¿Cómo lo haces?"

"Imagino como va a saber y a sentir, y de repente está aquí. Creo que la canela es mi perfume, o podría ser el vino; quiero decir, lo he creado yo, y la canela es "mi" olor."

Tomo otro trago de vino.

"¡Desearía estar aquí todo el tiempo!"

"Bueno, en cierta forma lo estás; sólo que no eres consciente de ello. Estás concentrada en la vida en la Tierra, y es así como debe ser. Cuando SEPAS que ha llegado el momento, estarás en las dos dimensiones a la vez."

"Parece que nosotros, quiero decir Ju-long y yo, estamos en un callejón sin salida."

"Estás preocupada porque a Ju-long le está resultando difícil encontrar una beca de estudios. Ninguno de los dos estáis viendo el escenario completo; es por eso por lo que estás preocupada. Tiene que ver con la sincronicidad o el momento correcto, como dirías tú. Háblale otra vez sobre la sincronicidad y como funcionó con su trabajo. Ambos debéis confiar en vuestras habilidades creativas y relajaros sabiendo que las cosas saldrán bien."

"¿Entonces, tenemos que esperar a que la sincronicidad funcione?"

"No, tenéis que confiar en la sincronicidad, pero sin enfocaros en ESPERAR o estaréis esperando para siempre, porque es ahí donde vuestra energía creativa irá."

"Sí, claro, tonta de mí."

Contemplo la ciudad en la distancia, construida en diferentes alturas sobre la cima de una montaña baja, con un puente sostenido por pilares de piedra que se dirige hacia ella desde las planicies de hierba sobre el valle y el río.

"Nunca he visitado la ciudad, ¿podemos ir?"

"Sería más fácil simplemente ESTAR ahí, pero andar aquí en Elvendale es mucho más rápido que en vuestro planeta físico, así que, ¡vamos!"

Vamos flotando hacia el principio del puente, como si estuviéramos andando sobre las deslizaderas mecánicas que se ven sobre todo en los aeropuertos. No cuesta nada. Cuando llegamos a la verja que lleva al puente de la ciudad, veo junto a ella a Loong que parece estar dormido. Ahora levanta la cabeza.

"¡Oh, he despertado al dragón!"

Siento a Loong sonreir.

"Nunca dormimos en Elvendale. Bueno, no NECESITAMOS dormir o descansar. Sólo estaba tumbado, disfrutando del calor de nuestro sol sobre mi pelaje."

Ambas, Josela y yo, abrazamos al suave dragón grande, y comienza a ronronear como un gato.

"Nunca antes he estado en la ciudad de Elvendale, así que Josela me la está enseñando."

Loong estrecha sus alas y las dobla otra vez fuertemente contra su cuerpo.

"Entonces, sugiero que la veas desde arriba antes de adentrarte en sus calles. Subiros a mi espalda las dos, y cogeros fuerte a mi pelaje. Es totalmente seguro - nadie se cae o muere aquí al no ser que lo elija."

Voy delante y Josela va detrás mía. Loong despega planeando, no necesita abanar las alas. Mientras subimos en círculos para obtener una vista mejor, veo humo saliendo del volcán que está en la hilera de montañas próxima a la montaña en donde está la ciudad.

"¿Está la ciudad en peligro debido al volcán?"

"Oh, no," dice Josela sonriendo, "Sólo es un efecto dramático, ¡o podrías decir que sólo estamos echando humo!"

Loong se eleva más, haciendo círculos, y pronto tengo una vista del gran paisaje, con montañas, campos, bosques, valles, y a lo lejos, un mar. Riachuelos desembocan en un río que va a dar a un lago grande al pie de la montaña de la ciudad. Aquí hay un puerto con todo tipo de barcos y barcas. Ninguno de ellos tiene motores malolientes o que echen humo. Al otro lado del lago fluye un río hacia el mar.

Ahora estamos dando vueltas por encima de la ciudad misma. Las paredes de las ciudades brillan blanquecinas con los rayos del sol. Algunos de los tejados me recuerdan a las casas tradicionales chinas, otras tienen cúpulas, y algunas parecen hechas de cristal. Todo parece bello y limpio. Loong desciende, y puedo ver un espacio circular debajo de nosotros. Es blanco como la ciudad, y está decorado con diseños de diferentes colores. Cuando aterrizamos, Loong se encoje al tamaño de un gato, y pronto un bonito gato birmano está andando delante nuestra, indicándonos el camino con su cola recta en el aire.

Hemos aterrizado en la parte baja de la ciudad, ahora estamos andando hacia la periferia de aquel lugar circular que vimos desde el aire, donde una de las calles lleva hacia la parte alta de la ciudad. Hay algunas tiendas y talleres.

"¿Por qué hay personas trabajando para manufacturar cosas, cuando podrían crearlas en un instante?"

"Es su pasión. Crear algo instantáneamente es como comprar algo en vez de hacerlo tú mismo. Si sientes pasión por construir algo, sentirás mucha más alegría durante el proceso de hacerlo y mucha más satisfacción cuando tengas el producto final en tus manos. Es una experiencia totalmente diferente."

"¿Entonces tú haces tus ropas?"

"¡Sí querida, incluso los zapatos!"

"Es más fácil cuando tienes pelaje; no tienes que hacer nada," comenta Loong.

"Otra cosa, Loong - ¿hay alguien que coma carne aquí?"

"Bueno, podrías crear una chuleta, pero matar un animal por su carne sería impensable. De todas formas, no creo que nadie coma carne; no te beneficiaría en las energías en las que vivimos aquí."

"¿Y los desperdicios?"

"No hay desperdicios. ¡Ni siquiera tenemos sanitarios! Las cosas que ya no tienen ningún uso vuelven a la energía básica o latente."

"Podría estar preguntando y preguntado para siempre, ¿pero cómo se preparan los Sidhe para la vida física en la Tierra?"

Loong se para, se vuelve, y me mira a los ojos. Puedo ver que está tramando algo y que lo está disfrutando.

"Hay muchos lugares no-físicos para entrenar que se asemejan a la Tierra. ¡Una parte de tu consciencia incluso enseña ahí!"

"¡¿Qué?!"

"Oh, sí. ¿Crees que desperdicias todo el tiempo que tu parte humana pasa durmiendo?"

La vida es ciertamente mucho más de lo que pensaba hacía unos meses; hasta hace unas horas. Ahora veo muchos escalones enfrente nuestra y me vuelvo a Josela.

"¿No habría sido mejor construir la ciudad en la planicie? No tendrías que subir todos estos escalones."

"Flotamos por los escalones en vez de andar, lo mismo que flotamos por el puente. Una ciudad construida sobre una planicie no tiene el mismo encanto que una que crece por la ladera arriba de una montaña haciéndose una con ella."

Ascendemos por hileras e hileras de bellas casas con todo tipo de finalidades y apariencias, y muchos colores y características diferentes. Veo que hay escalones que van en espiral montaña arriba, y al mismo tiempo, otros forman atajos y van directamente hacia la cima. Aquí hay una torre grande que sirve de Sala Grande para todo tipo de reuniones. Vuelvo mi espalda a la torre para mirar más allá de la ciudad. En la cima de la ciudad estoy más cerca de la tierra que cuando volé con Loong por encima de ella. Veo con claridad campos y pomares y algunas granjas. En el medio de los campos hay un espacio de naturaleza intacta, así como lagos y pequeños riachuelos con puentes. Todo es exuberante. Parece un trabajo hecho de retazos.

Me vuelvo de nuevo a Josela. "¿Por qué elegís encarnar en la Tierra, cuando es mucho más difícil vivir ahí?"

"La vida física es el objetivo final. No se trata de fácil o difícil; se trata de tener la experiencia completa de vivir."

Paso un tiempo estupendo con Loong y Josela y ahora, volviendo mi atención otra vez a mi vida humana, me siento más ligera y con más confianza de que todo está yendo de la mejor manera posible.

Un Nuevo Hogar

Este fin de semana, Ju-long y yo hemos organizado una visita para ir a ver a mis padres en su linda casa.

Llegamos a eso de las diez de la mañana, suficientemente temprano como para pasar algún tiempo en su precioso jardín, antes de echar una mano con los preparativos de la comida. Es una tradición en nuestra familia compartir estos preparativos además de la comida en sí, para sentirnos cerca los unos de los otros.

Mientras trabajo en la cocina Loong aparece en su forma de gato y se sienta en un banco de la cocina.

"Vuestra tradición se parece mucho con el momento en que planeas los puntos y personajes principales de tu vida antes de encarnarte."

"¿No pensaba que la vida estuviera predestinada?"

"No es un plan predestinado, sino una guía que puedes seguir para alcanzar tus objetivos. Siempre puedes cambiar de dirección y hacer elecciones diferentes. Ahí yace la libertad. ¡Recuerda que hay muchos caminos para el mismo objetivo!"

"¿Por qué veo a las personas tomar tantas malas decisiones en sus vidas?"

"Muchas personas, o debería decir casi todas, no preparan estos planes, sino que simplemente vuelven dentro de las mismas energías, línea sanguínea y karma que dejaron al morirse."

"¿Puede ser que haya sentido algunos de estos momentos en mi vida? Como si fuera más consciente de una situación, sintiendo que está ocurriendo algo especial."

"Ah, sí. Y últimamente ha habido muchos de estos momentos, ¿verdad? Es por eso que tienes que mantener tu mente calma, para poder sentir en qué dirección debes ir para llegar al siguiente punto, que está ahí como un farol de luz para atraerte. Si envuelve otras personas la sincronicidad tiene que estar ahí también."

Mientras cenamos, hablamos de cómo están yendo las cosas en Hong Kong. Parece que tanto los abuelos de Ju-long como los míos están bien, y han empezado a pasar más tiempo juntos. Esto nos hace feliz a todos, porque llegará el momento en que mis abuelos no puedan cuidar de sí mismos. Con suerte se sentirán bien con la idea de trasladarse a la residencia de ancianos. Papá lo ha organizado de tal manera para que haya sitio para ellos cuando el momento llegue.

La madre de Ju-long está mucho más feliz ahora, y ha retomado viejas amistades y hasta ha hecho algunos amigos nuevos.

No vemos mucho a mi hermana Anna. O está estudiando o está viajando, pero nos comunicamos con ella con frecuencia.

Después del almuerzo vamos al jardín. Traigo a colación un tema que Ju-long y yo hemos estado discutiendo últimamente.

"Hemos pensado en trasladarnos al campo. Aunque ambos tengamos nuestros trabajos y otras actividades en Londres, en la ciudad, seguro que seríamos capaces de mantenerlos. Últimamente me siento más atraída a la naturaleza, y conectarme con ella me trae armonía a una vida de trabajo sin fin."

Mamá parece entusiasmada, como siempre que surge algo nuevo. "Parece una idea espléndida. ¿Habéis pensado en alguna zona?"

"No, creo que deberíamos esperar a que Ju-long obtenga su beca, para no tener demasiadas cartas sobre la mesa."

"O puede ser al contrario. Que cuando encuentres un sitio donde vivir la beca aparezca."

Papá, que hace siempre de ángel servicial, ofrece su ayuda. "Yo miraré lo de las becas. No entiendo porque está siendo tan difícil."

"Gracias papá, eso sería estupendo."

Loong, que está sentado al borde del césped debajo de unos arbustos con flores, llama mi atención sobre un tema más amplio. "¿Puedes sentir como la energía se está aligerando?"

"Sí, ya empiezo a sentirme más entusiasmada; que extraño."

"Tu madre dio en el clavo. Se trata de sincronicidad, donde todas las partes tienen que estar en movimiento al mismo tiempo - ¡hay que usar todas las cartas de la baraja!"

De vuelta a casa de Ju-long, miramos en la internet algún sitio adecuado para nosotros, un sitio donde nos podría gustar vivir. Ju-long se ha ausentado mentalmente mientras estoy ocupada con el ordenador. Ahora me hace una pregunta, intentando acortar nuestra búsqueda.

"Por qué no al lado del mar, como en Hong Kong, ¿o estaría demasiado lejos de Londres?"

"Supongo que no. La costa este no está tan lejos, si la conexión por tren es fácil."

Suena mi teléfono; es papá.

"Hola Luzi; he estado mirando lo de la beca para Ju-long, y por alguna extraña razón, Brighton aparece una y otra vez. No está cerca de Londres sino al lado del canal. Te mandaré un enlace para que puedas verlo. Mamá te envía recuerdos."

"No te lo vas a creer, papá. ¡Ju-long me acaba de preguntar si nuestra nueva casa no podría estar al lado del mar, como en Hong-Kong!"

"Bueno, échale un vistazo y dinos que encuentras."

"Eso haremos. Gracias, papá. Dale recuerdos a mamá. ¡Te quiero!"

Después de esto, las cosas van realmente rápidas. Como dijo papá, la Universidad de Brighton está situada en la costa sur de Inglaterra. Hemos encontrado una bonita casa para alquilar justo afuera de la ciudad. Cuando Ju-long se trasladó a Inglaterra pensamos que era él quien iba a tener que viajar para ir a estudiar, y ahora soy yo quien tiene que ir a Londres. Por suerte, puedo hacer gran parte de mi trabajo por internet.

A la mañana siguiente, cuando Ju-long se ha ido a trabajar, visito Elvendale, encontrándome con Josela en el espacio circular de la ciudad, donde nos sentamos a la sombra debajo de un gran árbol, bebiendo zumo de cerezas en vasos grandes.

"No puedo entender por qué no había ninguna beca de estudios para Ju-long en Londres. Debe haber muchas."

Josela muestra su sabiduría. "Ah, pero hay muchas oportunidades de becas para estudios en y alrededor de Londres. Pero no se adaptaban con vuestros planes de moveros al campo. No hay ninguna razón para ESPERAR por un deseo cuando puedes hacerlo todo a la vez. ¡Ahora puedes ver que la sincronicidad funciona mucho mejor de lo que tu mente es capaz de planear!"

"Pero él encontró primero la beca, y después empezamos a buscar un sitio donde vivir; ¿o fue al contrario?"

"Lo ves así porque estás acostumbrada a vivir en tiempo lineal. Las cosas se volverán mucho más fáciles cuando vayas más allá del pensamiento lineal, más allá de tu mente. Cuando comenzaste a buscar un sitio nuevo para vivir, las cartas estaban todas sobre la mesa, y la sincronicidad pudo manifestarse."

Nos vemos envueltos en un caos emocional y práctico el día antes de trasladarnos a nuestro nuevo hogar en Brighton, porque muere la abuela de Ju-long. Él tiene que ir a Hong Kong para ocuparse de todo y confortar a su madre y a su abuelo, mientras yo tengo que ocuparme del traslado a Brighton.

Los hombres de las mudanzas llegan temprano a la mañana siguiente, para vaciar nuestros apartamentos, donde todo ya ha sido empaquetado y está listo para ser cargado al vehículo. Ju-long se ha levantado incluso antes que yo, para poder tomar el avión a Hong Kong. Ni él ni yo hemos dormido durante la corta noche, y me siento mareada y desconcentrada.

Me muero de ganas de tomarme una taza de café fuerte, pero Loong me aconseja no hacerlo, me dice que la claridad que sentiré al principio se volverá en mi contra más tarde cuando esté conduciendo, sintiéndome con muy poca energía. Me recomienda beber mucha agua, tanto ahora como cuando conduzca. Mantendrá mi sistema despierto y mis sentidos alertas.

"Siéntate unos minutos y visita Elvendale. Aquí

puedes relajarte y hasta dormir un poco."

Me siento y cierro los ojos. Durante ratito puedo oír los hombres moviendo cosas a mi alrededor en al apartamento, pero después el sonido de los pájaros de Elvendale apaga el ruido. Puedo sentir el cuerpo peludo de Loong y ni siquiera me molesto en abrir los ojos. Me arrebujo en él y caigo en un maravilloso sueño.

Me despierto y me parece que han pasado horas, le doy las gracias a Loong por haber actuado como mi osito de peluche, antes de enfocarme de nuevo en mi apartamento en Londres. Miro la hora y me doy cuenta de que sólo han pasado unos momentos. Ahora me siento como nueva y voy a ver cómo van las cosas en el apartamento de Ju-long.

Poco antes del mediodía estamos preparados para ir a Brighton, pero invito a los hombres a un almuerzo simple en uno de mis cafés preferidos aquí al lado, antes de dirigirnos al sur.

Unas tres horas después, llegamos a Brighton. Ya tengo las llaves de la casa, pero la dueña aparece de todas formas para darme la bienvenida. Esperaba vernos a ambos, a Ju-long y a mí, así que le tengo que explicar rápidamente la situación.

Es una mujer pequeña, un poco llenita, y con el pelo canoso rizado. Va bien vestida, con una blusa azul y una falda, con un pañuelo de seda blanco al cuello. Lleva zapatos negros con un poco de tacón. Conduce un coche pequeño pero caro.

He organizado algunas de nuestras cosas en nuestra casa nueva, pero quiero esperar a que Ju-long vuelva para hacer las cosas juntos. Mientras él estaba fuera, he estado mirando algunos trabajos más cerca de Brighton. Y ahora tengo un trabajo en la Universidad de Kent, Tonbridge Centre, a poco más de una hora en tren. Será principalmente un trabajo enseñando literatura y escritura. Mantendré mis trabajos en Londres. He estado contactando a los amigos que me ayudaron a recopilar la información para mi libro, y nos hemos puesto al día con las últimas noticias de nuestras vidas. Ling, en Beijing, que me presentó a los Sidhe de China, ha pasado mucho tiempo en las excavaciones de Xinjiang con sus estudiantes. Últimamente, ha estado trabajando mucho con los escritos de sus estudiantes, como parte de su preparación para los exámenes. Ahora está dándole los últimos retoques a su propio documento científico. Josephine, quien me llevó a perseguir dragones, y su marido Ping, en Shanghai, todavía están disfrutando el uno del otro y de sus respectivos trabajos en la editorial y el zoológico.

Ju-long vuelve a Brighton, y estamos disfrutando mucho de convertir la casa en un espacio nuestro. Él todavía está trabajando esporádicamente para la Biblioteca Británica, pero la mayor parte del tiempo lo pasa en la universidad local enseñando y aprendiendo. Mamá, papá y Anna estuvieron visitándonos, y están todos muy entusiasmados con nuestra nueva casa, tanto del interior de ella como de su jardín, y también con los alrededores, especialmente de la naturaleza que la rodea. La casa está hecha de piedras irregulares, por lo tanto, sus colores y tamaños son diferentes. Tiene dos plantas, además de un sótano situado debajo de una parte de la casa. El tejado es de 45 grados y está cubierto de tejas. El jardín está medio salvaje, con muchas plantas herbáceas perennes y arbustos, mientras que las zonas abiertas tienen hierba. Hay piedras, la mayoría grandes, dispuestas en el césped como adorno. Parte del jardín tiene un muro bajo y hay un arco que da a los campos de detrás de la casa. También hay un huerto, donde Ju-long ha empezado a pasar bastante tiempo. Es ahí donde realmente consigue relajarse.

Ju-long en Elvendale

Un mes más tarde, cuando Ju-long y yo, al fin, nos hemos acomodado a nuestra nueva vida, el abuelo de Ju-long también muere. Esta vez, ambos vamos a Hong Kong para ocuparnos de la situación. Conseguimos un visado de tres meses para su madre, que se llama Ting, y vuelve con nosotros para una especie de vacaciones, y para poner algo de distancia entre ella y los acontecimientos recientes, la partida de su hijo a Inglaterra y la muerte de sus padres. Ting y yo estamos manteniendo conversaciones muy profundas. A veces se siente muy sola y triste, pero conseguimos traer algo de claridad y optimismo a su vida. Me siento segura de que cuando retorne a Hong Kong, a su apartamento y a su trabajo en el centro comercial, va a ser capaz de seguir adelante con su vida.

Una tarde, Ting y yo estamos sentadas en el jardín debajo de un viejo árbol, bebiendo té caliente en dos tazas grandes, cuando de repente siento un gran grupo de seres acercándose a donde estamos. Pueden sentir la desesperanza y, al mismo tiempo, la esperanza, y algunos pueden sentir las posibilidades que yacen delante de la vida de Ting. Loong me llama a Elvendale, así que mi consciencia se expande para estar también ahí y, desde cierta distancia, consigo vernos a Ting y a mí sentadas en las sillas de madera debajo del árbol. El té está entre las dos, sobre la mesa, y todo es tan bello y está tan lleno de compasión. Estoy tan emocionada que se me saltan las lágrimas, tanto de forma física como no-física, si se puede decir así.

Loong me habla con su voz silenciosa. "Su nombre, Ting, quiere decir soportar. No quiere decir que tenga que soportar dolor y sufrimiento toda su vida, sino que será capaz de sobreponerse a los tiempos difíciles. Ahora mismo siente que la vida está en su contra, pero en realidad todo está trabajando para liberarla del sufrimiento que siente ahora, y que ha estado sintiendo durante mucho tiempo."

Mi conversación con Loong es instantánea, es decir, no nos lleva un espacio de tiempo para completarla. Es como descargar un paquete de conocimiento en mi consciencia. Sé de inmediato todo lo que me dice. Esto implica que Loong y yo podemos mantener una conversación al mismo tiempo que hablo con Ting. Si hubiéramos mantenido una conversión mental, habría tomado tiempo y concentración, porque es así como funciona el cerebro.

"¡Estás llorando, querida Luzi!"

 "Ah, no, Ting. Tengo lágrimas en los ojos porque puedo sentir a todas las entidades que nos rodean, sentadas cerca de nosotras con compasión, y proveyendo cura."

A Ting también se le llenan los ojos de lágrimas. "Probablemente sea bueno llorar un poco."

"O mucho," dice Loong a través de mí.

"¿Crees que yo también puedo sentirlos?"

"Oh, sí, por supuesto; sólo tienes que saludarles en tu pensamiento y darles un abrazo imaginario, y los sentirás abrazándote también a ti."

Ting comienza a llorar incontroladamente, y su cuerpo tiembla. Después de un rato, es capaz de hablar.

"Sentí de verdad el abrazo, y fue tan hermoso. ¿Puedes ver también a estas criaturas?"

"Sí, pero no como los verías en este mundo; principalmente veo sus almas, por así decirlo, sus colores."

"¡Ah, sus auras!"

"Bueno, no exactamente. Cuando las personas ven auras, lo que normalmente ven son una extensión del campo energético del cuerpo y su patrón de pensamiento, que incluye emociones y todo aquello que es inconsciente. Lo que yo veo es lo que son en el momento, su consciencia, si así lo quieres llamar."

"En China creemos en dragones, como bien sabes. Supongo que no tenéis dragones en Inglaterra."

"Sí que tenemos. Los dragones no pertenecen a ningún sitio en concreto. Al lado mismo de nosotras, se encuentra mi amigo Loong. Es un gran dragón blanco, cubierto casi todo de pelo. Lo conocí en Shanghái, donde vive como un gato blanco birmano en el mundo físico."

Mientras le cuento esto, Loong hace un comentario.

"Uno no tiene por qué creer en dragones para sentir su abrazo. Uno tiene que abrir su corazón para compartir el amor que su corazón contiene. Un corazón abierto sentirá entonces el abrazo del otro. Es el poder del abrazo; abre el corazón."

"Loong dice que estará ahí siempre que necesites un abrazo, o alguien con quien hablar."

"¡Dile que estoy muy agradecida!"

"¡Acabas de decírselo tu misma! No me necesitas como intermediaria. Y él SIEMPRE te oye. Es lo maravilloso de no tener oídos físicos, me está diciendo con una gran sonrisa en su cara peluda."

Ting empieza a reírse. Consigue ver la cara sonriente de Loong con su visión interior, y puedo oírlo riéndose muy fuerte, tanto, que probablemente, todo el mundo en Elvendale también puede oírlo.

"La alegría, mi amiga, es TAN importante." dice. En ese momento siento una carcajada subir desde mi barriga, y ahora Ting, yo y todos los demás, nos estamos riendo.

"Ves, esto aclara las energías," dice Loong, y desde mi punto de vista desde Elvendale, veo que las energías que rodean a Ting cambian a colores más claros. Me hace cosquillas en la cara con su pelaje y yo, sentada al lado de Ting, estornudo ruidosamente. Comienzo a reírme otra vez, y el resto del grupo también.

Hace una tarde preciosa, y a la hora de cenar veo vida brillando en los ojos de Ting. Su alma ha vuelto a su vida porque ha sido invitada por su corazón.

Más tarde, a solas con Ju-long, este me pregunta que ocurrió durante la conversación con su madre. Le respondo que es ella quien se lo tiene que contar. De esta forma, se va a sentir forzada a poner palabras a lo que siente, además, esto podría darle a madre e hijo una oportunidad para hablar de sus sentimientos de una forma más profunda de la que están acostumbrados.

Ahora en la cama, Ju-long me cuenta la conversación que tuvo con su madre.

"Mamá estaba muy entusiasmada con lo que ocurrió en el jardín esta tarde. Dice que al principio se sintió un poco tonta hablando sobre hadas y dragones, pero poco después, se sintió relajada y en paz. Mamá ha cambiado mucho. Se parece mucho más a como era cuando yo era niño. Es como si una carga pesada haya desparecido de sobre ella."

"Carga es una buena forma de describir los sentimientos que han mantenido su energía bloqueada, entrelazada, con todos sus sentimientos y juicios de valor."

"¿Pensaba que las hadas y los dragones sólo aparecían en tu libro?"

"Parece que tu mujer es aún más rara que tú. Es tiempo de que sepas la verdad de lo que está pasando en mi vida."

Comienzo a contarle a Ju-long la historia condensada que he querido contarle tantas veces, pero para la que nunca encontré el momento apropiado para hacerlo.

Justo antes de terminar mi historia, Ju-long se adormece y nos encontramos tumbados de espaldas cogidos de la mano, en la pequeña colina, al igual que la primera vez que visité Elvendale. Josela está aquí para darnos la bienvenida.

"Bienvenidos a Elvendale, ambos los dos. Soy Josela, la que da la bienvenida a Elvendale. Suena mejor que la guardiana de las puertas. Por fin nos encontramos, Ju-long."

"¿Es esto uno de los sueños de Luzi?"

"Puede que los sueños no sean lo que tu pensabas. Esto es solo un encuentro de nuestras consciencias fuera de tu estado normal de vigilia. No hay ningún misterio en ello. En estos encuentros, mantienes control absoluto, no como en la mayoría de tus sueños, donde el sueño te controla a ti."

Nos sentamos. Mantengo la mano de Ju-long en las mías, haciéndole sentirse seguro.

"Todo está bien, cariño. Yo misma me sentí un tanto desorientada la primera vez que vine aquí. Espero que Loong también aparezca."

"¿Quieres decir el dragón blanco del que me has hablado?"

"Sólo parece un dragón o un gato. Ni siquiera es macho o hembra, pero creo que deberíamos dejar eso para después."

Oigo a Loong llamando desde el interior del bosque.

"¿Holaaaaa?"

"Aquí viene, y no hay nada que temer."

Ju-long mira en dirección al bosque, de donde ahora podemos oír una gran criatura rozándose contra la vegetación.

Loong aparece ahora en el claro andando despacio, y Josela corre hacia él para demostrarle a Ju-long que no hay nada que temer.

"Ven aquí y recibe un abrazo, grande bola de pelo."

Vienen hacia nosotros, y Loong nos sonríe interiormente.

"Bienvenido a Elvendale, Ju-long. Tenía ganas de conocerte. No soy bueno dando la mano, pero soy bastante bueno dando abrazos, sobre todo recibiéndolos."

Nos sonríe una vez más, y ahora Ju-long y yo nos acercamos a él despacio. Le toco el cuello, y guío la mano de Ju-long al mismo sitio.

"Hola Loong, que bien conocerte, aunque resulta un poco extraño, y al mismo tiempo muy real."

Loong se ríe.

"ES real. La vida es real, los sueños son reales, y nuestra consciencia encontrándose en esta creación es ciertamente real."

Puedo sentir a Ju-long mientras su intelecto intenta

validar la verdad de esta experiencia. Decido que sería bueno quedarnos un poco más antes de despedirnos, y volver a la dimensión humana. No despierto a Ju-long, dejo que se adentre en su mundo de sueños habitual. Hablaremos mañana de esta experiencia.

A la mañana siguiente, mientras aún estamos en la cama, Ju-long y yo hablamos sobre su primera visita a Elvendale. Empiezo por preguntarle si recuerda haber estado en Elvendale.

"¡Así que FUE real! ¡Hablé de verdad con un dragón!"

"¡Lo más interesante de todo esto, es que él ES un dragón, Es un gato y ES cualquier cosa que elija ser!"

"¿Entonces yo también puedo elegir ser un dragón? ¡Yo creo que no, no importa cuanto lo intente!"

"Llevas razón. Tu parte HUMANA no puede, pero TÚ, tu consciencia, puede. Ahora mismo has elegido vivir muchas vidas como ser humano."

"¡Me estás poniendo bien a prueba con esto!"

"No dejes que tu mente se interponga entre nosotros. Siento que no deberíamos adentrarnos más en esto por ahora. Deja que esto se asiente, y hablaremos más sobre ello después."

"Llevas razón. Levantémonos y desayunemos; ¡podría comerme un dragón con pelo y todo!"

Desayunamos con Ting, mientras planeamos más o menos el día.

Sincronicidad

Un mes más tarde, cuando Ju-long y yo al fin nos hemos acomodado a nuestra nueva vida, el abuelo de Ju-long también muere. Ambos vamos a Hong Kong para ocuparnos de la situación. Conseguimos un visado de tres meses para su madre, que se llama Ting, y vuelve con nosotros para una especie de vacaciones, y para poner algo de distancia entre ella y los acontecimientos recientes, la partida de su hijo a Inglaterra y la muerte de sus padres. Estamos manteniendo conversaciones muy profundas. A veces se siente muy sola y triste, pero estamos consiguiendo traer algo de claridad y optimismo a su vida. Estoy segura de que cuando retorne a Hong Kong, a su apartamento y a su trabajo en el centro comercial, va a ser capaz de seguir adelante con su vida.

Una tarde, Ting y yo estamos sentadas en el jardín debajo de un viejo árbol, bebiendo té caliente en dos tazas grandes. Instantáneamente siento un gran grupo de entidades acercándose a donde estamos. Pueden sentir la desesperanza y, al mismo tiempo, la esperanza, y algunos pueden sentir las posibilidades que yacen delante de la vida de Ting. Loong me llama a Elvendale, así que mi consciencia se expande para estar también ahí y, desde cierta distancia, puedo vernos a Ting y a mí sentadas en las sillas de madera debajo del árbol. El té está entre las dos sobre la mesa, y todo es tan bello y está tan lleno de compasión. Estoy tan emocionada que se me saltan las lágrimas, tanto de forma física como no-física, si se puede decir así.

Loong me habla con su voz silenciosa. "Su nombre, Ting, quiere decir soportar. No quiere decir que tenga que soportar dolor y sufrimiento toda su vida, sino que será capaz de sobreponerse a los tiempos difíciles. Ahora mismo siente que la vida está en su contra, pero en realidad todo está trabajando para liberarla del sufrimiento que siente ahora y que ha estado sintiendo durante mucho tiempo."

Mi conversación con Loong es instantánea, es decir, no requiere tiempo para completarla. Es como descargar un paquete de conocimiento en mi consciencia. Sé de inmediato todo lo que me dice. Esto implica que Loong y yo podemos mantener una conversación al mismo tiempo que hablo con Ting. Si lo hubiéramos mantenido una conversión mental, habría tomado tiempo y concentración, porque así es como funciona el cerebro.

"¡Estás llorando, querida Luzi!"

 "Ah, no, Ting. Tengo lágrimas en los ojos porque puedo sentir a todas las entidades que nos rodean, sentadas cerca de nosotras con compasión y proveyendo cura."

A Ting también se le llenan los ojos de lágrimas. "Probablemente sea bueno llorar un poco."

"O mucho," dice Loong a través de mí.

"¿Crees que yo también puedo sentirlos?"

"Oh, sí, por supuesto; sólo tienes que saludarles con tu pensamiento y darles un abrazo imaginario, y los sentirás abrazándote también a ti."

Ting comienza a llorar incontroladamente, y su cuerpo está temblando. Después de un rato, es capaz de hablar.

"Realmente sentí el abrazo, y fue tan hermoso. ¿Puedes ver también a las criaturas?"

"Sí, pero no como los verías en este mundo; principalmente veo sus almas, por así decirlo, sus colores."

"¡Ah, sus auras!"

"Bueno, no exactamente. Cuando las personas ven auras, lo que normalmente ven son una extensión del campo energético del cuerpo y su patrón de pensamientos, que incluye emociones y todo aquello que es inconsciente. Lo que yo veo es lo que son en el momento- su consciencia, si así lo quieres llamar."

"En China creemos en dragones, como bien sabes. Supongo que no tenéis dragones en Inglaterra."

"Sí que tenemos. Los dragones no pertenecen a ningún sitio en concreto. Al lado mismo de nosotras, se encuentra mi amigo Loong. Es un gran dragón blanco, cubierto casi todo de pelo. Lo conocí en Shanghái, donde vive como un gato blanco birmano en el mundo físico."

Mientras le cuento esto, Loong hace un comentario.

"Uno no tiene que creer en dragones para sentir su abrazo. Uno tiene que abrir su corazón para enviar el amor que su corazón contiene. El corazón abierto sentirá entonces el abrazo del otro. Es el poder del abrazo; abre el corazón."

"Loong dice que estará ahí siempre que necesites un abrazo, o alguien con quien hablar."

"¡Dile que estoy muy agradecida!"

"¡Acabas de decírselo tu misma! No me necesitas como intermediaria. Y él SIEMPRE te oye. Es lo maravilloso de no tener oídos físicos, me está diciendo con una gran sonrisa en su cara peluda."

Ting empieza a reírse. Consigue ver la cara sonriente de Loong con su vista interior, y puedo oírlo riéndose muy fuerte, tanto que probablemente todo el mundo en Elvendale puede oírlo.

"La alegría, mi amiga es TAN importante." dice. En ese momento siento una carcajada subir desde mi barriga, y ahora Ting, yo y todos los demás nos estamos riendo.

"Ves, esto aclara las cosas," dice Loong, y desde mi punto de vista desde Elvendale, veo que las energías que rodean a Ting cambian a colores más claros. Me hace cosquillas en la cara con su pelaje y yo, sentada al lado de Ting, estornudo ruidosamente. Comienzo a reírme otra vez, y el resto del grupo también.

Hace una tarde preciosa y a la hora de cenar veo vida brillando en los ojos de Ting. Su alma ha vuelto a su vida porque ha sido invitada por su corazón.

Más tarde, a solas con Ju-long, me pregunta que

ocurrió durante la conversación con su madre. Le respondo que es ella quien se lo tiene que contar. De esta forma, ella se va a sentir forzada a poner palabras a lo que siente, además de dar a madre e hijo una oportunidad de hablar de sentimientos de una forma más profunda de lo que están acostumbrados.

Ahora en la cama, Ju-long me cuenta la conversación que tuvo con su madre.

"Mamá estaba muy entusiasmada con lo que ocurrió en el jardín esta tarde. Dice que al principio se sintió un poco tonta hablando sobre hadas y dragones, pero poco después, se sintió relajada y en paz. Mamá ha cambiado mucho. Se parece mucho más a como era cuando yo era niño. Es como si una carga pesada haya desparecido de sobre ella."

"La carga es una buena forma de describir los sentimientos que han mantenido su energía bloqueada, entrelazada con todos sus sentimientos y juicios de valor."

"¿Pensaba que las hadas y los dragones sólo aparecían en tu libro?"

"Parece que tu mujer es aún más rara que tú. Es tiempo de que sepas la verdad de lo que está pasando en mi vida."

Comienzo a contarle a Ju-long la historia condensada que he querido contarle tantas veces, pero para la que nunca encontré el momento apropiado para hacerlo.

Justo antes de terminar mi historia, Ju-long se adormece y nos encontramos tumbados de espaldas cogidos de la mano en la pequeña colina, al igual que
la primera vez que visité Elvendale. Josela está aquí
para darnos la bienvenida.

"Bienvenidos a Elvendale, ambos. Soy Josela, la
que da la bienvenida a Elvendale. Suena mejor que
la guardiana de las puertas. Por fin nos encontramos, Ju-long."

"Es esto uno de los sueños de Luzi?"

"Puede que los sueños no sean lo que tu pensabas.
Simplemente estamos encontrándonos en nuestra
consciencia fuera de tu estado normal de vigilia.
No hay ningún misterio. En estos encuentros tienes
control absoluto, no como en la mayoría de tus sueños, donde el sueño te controla a ti."

Nos sentamos. Mantengo la mano de Ju-long en las
mías, haciéndole sentirse seguro.

"Todo está bien, querido. Yo misma me sentí un
tanto desorientada la primera vez que vine aquí.
Espero que Loong también aparezca."

"¿Quieres decir el dragón blanco del que me has
hablado?"

"Él sólo parece un dragón o un gato. Ni siquiera es
macho o hembra, pero creo que deberíamos dejar
eso para después."

Oigo a Loong llamando desde el interior del bosque.

"¿Holaaaaa?"

"Aquí viene, y no hay nada que temer."

Ju-long mira en dirección al bosque, de donde ahora podemos oír una gran criatura rozándose contra la vegetación.

Loong aparece ahora en el claro andando despacio, y Josela corre hacia él para demostrarle a Ju-long que no hay nada que temer.

"Ven aquí y recibe un abrazo, grande bola de pelo."

Vienen hacia nosotros, y Loong nos sonríe interiormente.

"Bienvenido a Elvendale, Ju-long. Tenía ganas de conocerte. No soy bueno dando la mano, pero soy bastante bueno dando abrazos, sobre todo recibiéndolos."

Nos sonríe una vez más, y ahora Ju-long y yo nos acercamos a él despacio. Le toco el cuello, y guío la mano de Ju-long al mismo sitio.

"Hola Loong, que bien conocerte, aunque resulta un poco extraño, y al mismo tiempo real."

Loong se ríe.

"ES real. La vida es real, los sueños son reales, y nuestra consciencia encontrándose en la creación es ciertamente real."

Puedo sentir a Ju-long mientras su intelecto intenta

validar la verdad de esta experiencia. Decido que sería una buena idea quedarnos un poco más antes de despedirnos y volver a la dimensión humana. No despierto a Ju-long, dejo que se adentre en su mundo de sueños habitual. Hablaremos de esta experiencia mañana.

A la mañana siguiente, mientras aún estamos en la cama, Ju-long y yo hablamos sobre su primera visita a Elvendale. Empiezo por preguntarle si recuerda haber estado en Elvendale.

"¡Así que FUE real! ¡Hablé de verdad con un dragón!"

"¡Lo más interesante es que él ES un dragón, Es un gato y ES cualquier cosa que elija ser!"

"¿Entonces yo también puedo elegir ser un dragón? ¡Yo creo que no, no importa cuanto lo intente!"

"Llevas razón. Tu parte HUMANA no puede, pero TÚ, tu consciencia, puede. Ahora mismo has elegido vivir muchas vidas como ser humano."

"¡Me estás poniendo bien a prueba con esto!"

"No dejes que tu mente se interponga entre nosotros. Siento que no deberíamos adentrarnos más en esto por ahora. Deja que esto se asiente, y hablaremos de todo ello más tarde."

"Llevas razón. Levantémonos y desayunemos; ¡podría comerme un dragón con pelo y todo!"

Desayunamos con Ting, mientras planeamos más
o menos el día.

Kuthumi

Es por la tarde, y el disco del sol está casi tocando las colinas al norte. Estoy sentada en el canal que marca la separación entre nuestro jardín y el campo al otro lado, mirando el ganado alimentarse mientras dos terneros están jugando cerca de ellos. Oigo unas golondrinas en el aire, volando cerca de los animales, persiguiendo insectos para alimentar sus polluelos. Una voz que parece venir de mi izquierda me llama la atención.

"¡Namaste! ¡Soy yo, Kuthumi!"

"¿Namaste?"

Siento a Kuthumi negar con la cabeza.

"No; ¡¡¡NAMASTE!!!"

Lo dice alto, con mucha alegría, y en una voz que me anima a repetirlo.

"Namaste."

Lo repite de nuevo, en la misma voz, indicándome que no parezco muy alegre, así que lo intento de nuevo, poniendo más sentimiento en ello.

"¡Namaste!"

"Quiere decir que honro la divinidad en ti. Es un saludo hindú."

"¡Ah!"

"Me presento formalmente como Kuthumi lal Sing de Ah-Kir-Rah.

"Kuthumi lal Singh es el nombre humano que me dieron al nacer en una de mis vidas. Ah-Kir-Rah es MI nombre; el nombre de mi alma, por así decirlo. Fue en la vida de Kuthumi que alcancé mi iluminación, o lo que llamarías ascensión y me convertí en un maestro. Ocurrió aquí en Inglaterra, en Cambridge, más concretamente, en la Universidad."

"Tienes que contarme más. ¡Nunca conocí a un maestro ascendido!"

"No estoy aquí para hablar sobre mí, sino sobre los abuelos de Ju-long, para que entiendas mejor lo que está pasando en tu vida."

"Agradecería mucho que me iluminaras sobre el lugar de ellos en mi vida, ¿pero quizás puedas hablarme sobre ti más tarde?"

Kuthumi ignora mi pregunta y empieza a explicarme la situación.

"Cuando los abuelos de Ju-long aceptaron ir a vivir a la residencia de ancianos, aceptaron cambios en sus vidas, y esos cambios consistían en dejar de agarrarse a costumbres antiguas y avanzar a través de la muerte a nuevas vidas humanas. Al mismo tiempo, dieron a Ting y a Ju-long un empujón para también avanzar en sus vidas, además de mostrar a tus abuelos la posibilidad de vivir en una residencia de ancianos cuando ya no puedan vivir solos en su apartamento."

"Lo que estás diciendo es que el hecho de tomar una decisión como ser humano cambia las cosas en otros niveles."

"Lo que estoy diciendo es que hacer un pequeño cambio a un nivel puede poner en funcionamiento grandes cambios. Esto es bueno. Figurativamente, sólo tienes que mover un dedo para volar alto."

"Se trata de hacer una elección y manifestarla actuando en consecuencia, supongo."

"Sí, pero dependiendo de la elección, puede que no necesites hacer nada para atraer las posibilidades, sólo tienes que actuar cuando veas o sientas la posibilidad."

"Kuthumi, las personas desean cosas todo el tiempo, pero casi nunca pasa nada."

"Hay una gran diferencia entre un deseo y una elección consciente. Puedes querer una vida mejor, pero tienes que elegirlo conscientemente para cambiar tu vida actual, con todos sus hábitos, y esos cambios necesarios acontezcan. Si no actúas de forma diferente a ayer, tu mañana será igual a hoy, y hoy será igual a ayer."

"La elección consciente es más profunda que un deseo humano, ¿no?"

"¡Sí! Los seres humanos tienen deseos, ¡pero la consciencia hace elecciones!"

"Debe ser porque los seres humanos creen que la solución tiene que venir de fuera de ellos, tiene que ser concedida por una fuerza externa, mientras que la consciencia toma completa responsabilidad de su vida."

"¡Llevas razón de nuevo, querida Luzi! Ahora celebremos la vida consciente, y mostremos también compasión por la vida humana."

Siento que Kuthumi me coge de la mano, y empezamos un baile giratorio en los grandes salones de la humanidad. Hay colores y fuegos artificiales por todos lados, y veo millones de entidades juntándose a nosotros en esta celebración. El baile aligera las pesadas energías mentales que se han formado mientras estuvimos hablando.

En algún momento estamos lejos en el espacio exterior, y la Tierra parece un pequeño punto azul allá a lo lejos. No puedo VER que el pequeño punto azul sea la Tierra, simplemente lo SÉ. Me siento muy feliz y ligera, y Kuthumi me hace un comentario sobre ello.

"El primer atributo femenino es experimentar la felicidad, y bailar y cantar. El primer atributo masculino es compasión, o podrías decir amor. Al contrario de lo que se dice hoy en día, que la expresión es masculina y el amor y la compasión femenina. Sin embargo, una expresión ha permanecido en el aspecto femenino, la de la creación de una vida nueva, el nacimiento. Si te interesan los colores, entonces el principal color femenino es índigo o azul, y el masculino es carmesí o rojo."

"¿Por qué han sido cambiados los colores y los atributos?"

"Bueno, es una larga historia. La acortaré, pero van a faltar muchos detalles. Antes de que existiera el universo físico, la consciencia irradiada, que llamas el alma, experimentaba la vida como consciencia creativa. En un momento determinado se perdió el control, y la actividad casi paró. El aspecto femenino, que hasta entonces era el que lideraba, sintió que había fallado en su liderazgo de la experiencia de vivir, y le pidió al aspecto masculino que la reemplazara. En honor y compasión hacia el aspecto femenino, el aspecto masculino tomó el liderazgo y un universo físico fue creado para acabar con el punto muerto al que se había llegado. El aspecto masculino actuó con los atributos femeninos de expresión y creación, pero como puedes ver hoy en día, el aspecto masculino se ha vuelto adicto al poder y no tiene la determinación necesaria para dejar los atributos femeninos. Otra forma de verlo es que la parte masculina no es capaz de romper el compromiso que hizo a la parte femenina. ¡Tiene que honrar el compromiso hecho al aspecto femenino!"

"A mí me parece como un punto muerto. ¿Cómo podemos encorajar al aspecto femenino, y también al masculino, para que todo vuelva a fluir? ¿No podéis tú, Saint Germain y todos los demás maestros hacer algo?"

"Estamos trabajando en ello de diferentes formas, pero al final depende del ser humano, quien tiene que encargarse de elegir de forma diferente para que los cambios acontezcan. Estamos trabajando contigo ahora mismo, al igual que con muchos otros, de muchas formas diferentes. Por ejemplo, trabajamos con las personas en casi todas las creaciones de canciones y películas, para traer información de una forma diferente, al mundo humano y a la consciencia. Las canciones y películas con las que conectas en este momento son muy potentes a la hora de traer consciencia a las personas. Resuenas con la verdad que hay en estas creaciones a diferentes niveles. Nos encanta jugar y actuar. Puede que hasta me reconozcas en C3PO, el robot dorado del personaje de La Guerra de las Galaxias. ¡A niveles inconscientes, estás contribuyendo también en estas creaciones!"

"¿Sí, de verdad?"

"Oh, sí. Hay algunas letras de canciones, melodías y personajes a los que te sientes muy cercana porque son fruto de tu trabajo. Puede que no te sientas totalmente satisfecha con algunos de esos trabajos, pero las personas a veces pueden ser muy cabezotas y no escuchar. Los zapatos de color rubí en la película El Mago de Oz, debían haber sido carmesí, pero se enfocaron en piedras preciosas como la esmeralda, de ahí viene La Ciudad Esmeralda de la película. La canción Over the Rainbow, también de la misma película, también fue imbuida de cualidades especiales en la versión de Eva Cassidy."

"Entonces, ¿estamos manipulando el mundo?"

"Estamos trabajando en el mundo como todos los demás, añadiendo nuestra creación a la totalidad de las creaciones de la humanidad, casi siempre a través de seres humanos, porque es así como debe ser."

Kuthumi hace una pausa, y puedo sentir que se aproxima una conclusión.

"Vamos a terminar nuestra conversación por ahora, pero hablaremos de nuevo, querida Luzi. ¡Namaste!"

"¡Namaste!"

Cuando me enfoco nuevamente en la puesta de sol, esta no está más cerca de las colinas que antes. No ha pasado nada de tiempo mientras duraba la conversación y el viaje al espacio con Kuthumi. Me viene la idea a la cabeza de que tenemos todo el tiempo del mundo para elevar la consciencia de la humanidad; sólo depende de cómo de rápido abrirá la humanidad su percepción de la vida. Cuanto más abierta es una persona más puede percibir, y más se abrirá. La biblia lleva razón cuando dice, "A aquel que tiene, más será dado", o algo así. Miré en "New Living Translation" y esto es lo que apareció: "A aquellos que escuchan mis enseñanzas, más comprensión les será dada, y tendrán abundancia de conocimiento. Pero a aquellos que no están escuchando, incluso lo poco que entienden les será retirado." Si el conocimiento no tiene importancia para nosotros, el conocimiento nos abandonará.

La Espiral de la Vida

Ju-long y yo hemos recorrido un largo camino expandiendo nuestra comprensión de la vida. Para la mayoría de las personas, las dificultades diarias son todo lo que tienen. No comprenden que sólo es una obra de teatro en el palco de la vida. Tienen que darse cuenta que también son el autor y el director de la obra, y que pueden cambiar la escena en cualquier momento. Tienen que decir "CORTA" o "PAUSA", tomar decisiones conscientes diferentes, y después continuar la obra. Si se piensa que el suicidio es una manera de abandonar la escena, entonces se está en el camino errado. Cambiaría las cosas inmediatas, pero naceríamos otra vez con los mismos patrones, y todo será todavía más confuso, porque no entenderíamos el motivo por el cuál hemos tenido tanta prisa en terminar con nuestra vida.

La suerte es algo que elegimos. No me refiero a suerte como cuando se gana la lotería, sino suerte como cuando nos sentimos con suerte. Es el sentimiento de felicidad y amor por la vida y por nuestra gran creación. Los seres humanos tienen la tendencia de temer el día en que su suerte se acabe, y ese miedo seguramente acabará con su suerte.

No hay ningún final, sólo nuevos comienzos. Hablamos de la vida eterna en cualquier lugar de la creación, no sólo en la Tierra. No hay ningún "círculo de la vida" si escoges bajarte de ese horrible carrusel, sólo la espiral de la vida, un viaje siempre en movimiento de posibilidad a posibilidad, de una elección consciente a la siguiente.

Mi libro sobre elfos y otras criaturas folclóricas todavía tengo que acabarlo. Ha tomado un giro totalmente diferente de lo que había imaginado, y tengo que encararlo desde un ángulo diferente. Por suerte, tengo mucha ayuda de mis queridas fuentes, con quienes espero seguir trabajando.

Estoy sentada aquí sobre la colina cubierta de hierba con tréboles en flor, junto a Ju-long y con Loong tumbado detrás nuestra. En frente de nosotros están los campos, el lago, el puente a Elvendale y la ciudad en la montaña. Más lejos está el mar acariciando el horizonte, donde la luz del sol está pintando el cielo de colores rojizos, listo para ponerse, trayendo consigo un cielo índigo, cambiando a negro terciopelo, lleno de estrellas de muchos colores.

Fin

Espero que hayas gustado del libro y tomes unos Espero que hayas gustado del libro y tomes unos momentos para hacer unos comentarios en tu página de ventas preferida.

Gracias con antelación,
Eriqa Queen.

En la siguiente página encontrarás unos breves comentarios míos sobre el libro.

Comentarios del Autor

Los personajes de este libro son en su mayoría ficción, incluyendo Luzi. Me di cuenta de que el padre de Luzi está basado en mi editor, Erik Istrup. Los símbolos son reales, y pueden ser encontrados en la internet y otros lugares. Las almas de los dragones son reales, y también los Sidhe. Por lo menos un dragón y dos Sidhe están conmigo cuando escribo, así como todas las otras entidades como Sekhmet e Imhotep, y no lo habría conseguido sin ellos. Gracias amigos. Los diálogos y las experiencias de Luzi con estas entidades también son reales, porque me acontecieron a mí, al igual que el cristal octaedro que encontré en Egipto.

No puedes conectar con otras dimensiones si sólo crees que puedes; tienes que SABER que puedes. Presta atención por si oyes la música, ¿o quizás es el olfato tu sentido más desarrollado? O puede que simplemente sientas ganas de bailar con alegría. Cuando conectes, lo sabrás; ¡sentirás el amor derramándose dentro de ti!

No voy a intentar esconder que el nombre Eriqa Queen es mi seudónimo. De otra forma, escribir en otros géneros podría confundir a los lectores porque esperan contenidos específicos de autores específicos. Eriqa ES una parte de mí, y soy coherente con esa parte que quizás sientas detrás de las palabras o leas entre líneas. Los aspectos de otras vidas juegan también un papel, y con frecuencia hablan y actúan a través de los personajes del libro, y TODOS son parte de mí. Con alrededor de 1.470

encarnaciones en la Tierra, la duración de la vida
actual es de muy poca importancia.

EQ

Material adicional

Hay tanto material que puede tocarte en profundidad y hacerte recordar, que la siguiente lista es sólo unos pocos ejemplos de ello.

Libros

David Spangler. No he leído sus libros, pero dicen que es de los mejores en relación a los Sidhe. El principal libro es *"Conversaciones con los Sidhe"*. www.davidspangler.com

"Acto de Consciencia", 2015, Adamus Saint-Germain, www.crimsoncircle.com.

"Vive tu divinidad", 2012, Adamus Saint-Germain, www.redwheelweiser.com.

"Maestros en la Nueva Energía", Adamus Saint-Germain, 2007, www.crimsoncircle.com.

"Ningún Lugar está lejos", Richard Back, HaperCollins, 1993, (primera edición en 1979).

"The Red Lion - The Elixir of Eternal Life", 1997, Maria Szepes, Horus Publishing, Inc., (First published in Hungary in 1946).

"The Findhorn Garden by the Findhorn Community" www.findhorn.org

"The Wild Alliance", Søren Hauge, www.wiseheart.

com and www.sorenhauge.dk

"Out on a limb", Sherley MacLaine.

"Camino", Sherley MacLaine.

"Juan Salvador Gaviota", Richard Bach.

"El Señor de los Anillos", J. R. R. Tolkien.

Canciones

Las canciones van en su mayoría sobre la relación entre el ser humano y el alma, sobre ser consciente de que eres el humano Y la consciencia. En algunas canciones el alma habla al ser humano, otras canciones son sobre el viaje humano. Puede que tengas que sentir esto para darte cuenta del mensaje. Recuerda que el intérprete/autor puede que no sea consciente de esta relación.

"Aloha, E Komo Mai", Jump5 (canción de Lilo y Stitch).

"Let it go", Demi Lovato (from "Frozen").

"Lost", Anouk.

"Release Me", 2007, writers: Nils Johan Carlsson Westfelt & Erik Olof Althoff, performer: "Oh Laura".

"Over the Rainbow", interpretado por Eva Cassidy.

"Everybody Hurts", REM, interpretado por The

Corrs (unplugged)

"No Frontiers" REM, interpretado por The Corrs (unplugged)

"Would you be happier", The Corrs.

"Guardian Angel", Terry Oldfield.

"When can I see you again", Owl City.

"Just give me a reason", Pink feature Nate Ruess.

"I will follow you into the dark", Death Cab for Cutie (Plans), cubierta por Daniela Andrade.

"We belong to the sea", Aqua.

"Aquarius", Aqua.

"Cuba Libre", Aqua.

"Goodbye to the circus", Aqua.

"Landslide", Fleetwood Mac.

"Take me walking in the rain", Janis Ian.

"Sometimes when I'm dreaming", interpretado por Katie Melua.

"Go your own way", Nanna (Rocking Horse).

"Leather and Lace", Stevie Nicks (Bella Donna).

"I sing for the things", Stevie Nicks (Rock a little).

"Have anyone ever written anything for you?", Stevie Nicks (Rock a little).

"Soak up the Sun", Sheryl Crow.

"Dream Operator", Talking Heads.

"Tokyo", Nena (German lyrics). La mayoría de las 18 canciones en *"Definitive Collection"* podrían ser aquí mencionadas.

Películas

Hay tantas películas con información sobre como expandir tu vida. Algunas sólo dan pequeñas pistas, semillas para tu futuro crecimiento. Como podrás ver, hay incluso películas antiguas con estos mensajes.

"The Connected Universe", 2016, director: Malcolm Carter, www.theconnecteduniversefilm.com.

"La Profecía Celestina" 2007.

"What the bleep? Down the rabbit hole" (5 set DVD) 2006. (La versión de teatro es limitada).

"El Señor de los Anillos", series.

"Galactica, Estrella de Combate", series.

"Jerry Maguire", 1996.

"Juan Salvador Gaviota", 1973, basado en la novela.

Fuentes

Libro: N. B. Denny, *The Folklore of China and Its Affinities with that of the Aryan and Semitic Races*, London/Hongkong 1876, www.archive.org/details/cu31924023266293

Libro: Li Leyi, *Tracing the roots of Chinese characters: 500 cases*, Beijing Language and Culture University Press 1994, second edition, ISBN 7-5619-0204-2

Libro: Masaru Emoto, *Los mensajes secretos en el Agua*, original en Japanese 2001.

Enlace de internet: (Online Bible study suite): biblehub.com/

Enlace de internet sobre los niveles del agua (NASA): www.giss.nasa.gov/research/bricfs/gornitz_09/

Enlace de internet sobre genomas (US National Library of Medicine) The Origin of Amerindians and the Peopling of the Americas According to HLA Genes: Admixture with Asian and Pacific People: www.ncbi.nlm.nih.gov/pmc/articles/PMC2874220/